Fabian Bagutzki

Das Geheimnis des rosa Skarabäus

AF211086

Fabian Bagutzki

Das Geheimnis des rosa Skarabäus

Kriminalroman

Bibliografische Information der Deutschen Nationalbibliothek: Die Deutsche Nationalbibliothek verzeichnet diese Publikation in der Deutschen Nationalbibliografie; detaillierte bibliografische Daten sind im Internet über http://dnb.dnb.de abrufbar.

Verlag: BoD · Books on Demand GmbH, Überseering 33, 22297 Hamburg, bod@bod.de

Druck: Libri Plureos GmbH, Friedensallee 273, 22763 Hamburg

ISBN: 978-3-8192-4761-3

Inhaltsverzeichnis

I

Kapitel 1 - Die Reise nach Paris

Eine automatische Stimme weckte Linus auf: „Mesdames et Messieurs, dans quelques minutes, nous arriverons à Paris EST. Terminus, nous demandons à tous nos invités de descendre. Dear ladys and gentlemen, soon we will arrive at Paris EST station. Please ensure you collect all your belongings. Meine Damen und Herren, in wenigen Minuten erreichen wir Paris EST. Endstation, wir bitten alle Gäste auszusteigen. Haben Sie auch nichts vergessen? Drehen Sie sich lieber noch einmal um." Auch wenn in den letzten 4 Jahren Französischunterricht in der Schule nicht allzu viel hängen geblieben war, hatte er dennoch erkannt, dass die Ansage im Gegensatz zur Französischen und Englischen im Deutschen viel ausführlicher war. Hielten die Franzosen die Deutschen für so vergesslich? Noch etwas benommen schaute er sich im Zugabteil um. Seinen Klassenkameraden ging es nicht anders als ihm. Die meisten schliefen noch bzw. waren ebenfalls durch die Durchsage aufgewacht. Müde rieben sie sich die Augen, andere streckten sich, gähnten oder schauten etwas verwirrt drein. Über 10 Stunden Bahnfahrt zollten ihren Tribut. Aber einer Person konnte all dies nichts anhaben, Linus hörte schon ihr Gekicher und das ihrer Freundin Neele. Isabel war ein Energiebündel und gefühlt nie müde. Was hatte sie jetzt schon wieder ausgeheckt? Linus erhob sich, um zu sehen, was sie getan hatte und musste selber anfangen zu lachen. Isabel hatte Clemens einen Bart mit Eyeliner auf das Gesicht gemalt. Immer mehr Mitschüler schauten sich das Spektakel an und davon wachte letztlich auch Clemens auf. „Och menno, was soll denn dieser Krach, ich hatte so einen schönen Traum mit Leni Klum. Wieso schaut ihr mich alle so an? Und wieso lachst du so, Linus?" David war es schließlich, der sich erbarmte: „Halt mal kurz still. Bitte lächeln." Er machte ein Foto. Clemens: „Doch nicht in diesem müden Zustand, Digga, das möchte doch keiner sehen." Wortlos zeigte David ihm das Foto und musste selber grinsen. „Ich denke, das solltest du dir dennoch anschauen." Isabel ergänzte: „Also, ich finde, mir ist ein Meisterwerk gelungen." Clemens lief rot an: „Wenn ich dich erwische, dann wirst du meine Zeichenkünste auf deinem Gesicht zu spüren bekommen, aber ich verwende einen Edding!" Isabel sprang auf und lief kreischend durch das Abteil. Clemens war ihr dicht auf den Fersen. In dem Tumult wachten auch Herr Bagutzki und Frau Hotsch auf und ihrem Gesicht sah man an, dass auch sie sich erst orientieren mussten. „Was ist denn hier los?" schimpfte Herr Bagutzki, „wirken die ganzen Süßigkeiten langsam?" „Das könnte man so sagen, jedenfalls haben sie Isabel zu kreativen Höchstleistungen animiert.", sagte Neele trocken.

Im Nebenabteil hörte man die quiekenden Rufe von Isabel: „Nein, Clemens, nicht, stopp. Ich lösche auch alle Fotos, die ich von dir gemacht habe." „Du hast Fotos von mir gemacht?!" „Jetzt bist du fällig." „Stopp, das reicht jetzt!" riefen die beiden Lehrkräfte aus einem Mund. „Clemens, du trittst jetzt einen Schritt zurück und beruhigst dich erst einmal. Drehe dich zu uns um, wenn wir mit dir…" Weiter kamen sie nicht, denn auch sie mussten anfangen zu lachen, als sie Clemens sahen. Frau Hotschs schallendes Lachen erfüllte das gesamte Abteil. Einige Mitreisende zogen genervt die Augenbrauen nach oben und schauten finster drein. Clemens erwiderte verzweifelt: „Sehen Sie, was sie mir angetan hat? Sie wären auch sauer gewesen, wenn sie das bei Ihnen gemacht hätten." „Das stimmt," sagte Herr Bagutzki, dann wandte er sich an Isabel: „So, Mademoiselle, du wirst ihm nun deinen Makeup-Entferner leihen und dafür sorgen, dass alles wieder entfernt wird." „Ok, " sagte Isabel artig, „Aber Sie müssen zugeben, dass das schon cool aussieht." „Das steht außer Frage," sagte Frau Hotsch, „aber ungefragt macht man so etwas nicht." Beide zogen von dannen und die Lehrer folgten Ihnen. „So, meine Damen und Herren, es wird Zeit, eure Sachen zusammenzupacken. AirPods zurück ins Ladecase, iPads zurück in die Rucksäcke und vor allem den Müll auf den Sitzen und in der näheren Umgebung einsammeln. Wenn wir gleich in der Bahnhofshalle sind, achtet auf eure Wertsachen. Ihr müsst ab jetzt überall mit Taschendieben rechnen." „Wie weit ist es denn jetzt noch bis zum Hotel? Ich würde langsam gerne irgendwo ankommen," meldete sich Alina zu Wort. Klaas ergänzte: „Und ich würde gerne langsam mal wieder etwas essen." und Florian fragte: „Kann ich noch schnell auf die Toilette gehen?" Herr Bagutzki war sichtlich genervt: „Zu Person 1: selbstverständlich! Ja, auch könnt ihr bald etwas essen und ja, wenn du dich beeilst, kannst du noch auf die Toilette gehen. Alle anderen, geht schon einmal kontrollieren, ob eure Gepäckstücke noch da sind." Linus musste grinsen, bei Klaas und Florian konnte man eigentlich genau wissen, was sie fragen würden. In den Französischstunden stellten sie auch immer wieder die gleichen Fragen. Da er seine Habseligkeiten bereits zusammengesammelt und kontrolliert hatte, auch nichts vergessen zu haben und sich ganz im Sinne der Voix sonore noch einmal umgedreht hatte, ging er nun in Richtung der Gepäckregale im Eingangsbereich des Zuges. Eigentlich eine schlaue Idee, dachte er sich, denn wenn Diebe es darauf anlegten, konnten sie mit einem Koffer einfach türmen, sobald die Zugtüren freigegeben waren. Er öffnete die Tür zum Gang und in diesem Moment sah er ihn oder eher gesagt sie, denn er konnte bei der vermummten Gestalt, die sich am Gepäck zu schaffen machte, nicht genau erkennen, ob es sich um einen Mann oder eine Frau handelte. Was er aber sah, ließ ihn aufschreien. Die Person machte sich an seiner Reisetasche zu schaffen. „Hey," rief er, „Hände weg von meinem Gepäck. Was bilden Sie sich ein!"

Die vermummte Gestalt drehte sich um, stieß ihn zu Boden und rannte los. Linus schrie auf, rappelte sich aber wieder hoch und rannte dem Dieb hinterher. Hier machte sich das Floorball- und Fußballtraining bemerkbar. Dennoch war der Dieb immer einen Tick schneller als er. Der TGV fuhr derweil in den Bahnhof ein und die Reisenden erhoben sich. Einer tat dies, ohne sich umzuschauen und schleuderte der fliehenden Person seine Reisetasche ins Gesicht. Diese taumelte, fing sich wieder, ließ aber Linus Reisetasche fallen. „Halten Sie den Dieb," brachte Linus etwas außer Atem noch heraus, aber keiner schien so richtig zu reagieren. Klar, er hatte es auf Deutsch gesagt und er war hier in Frankreich. Wer sollte ihn da schon verstehen. Was heißt denn nun Dieb und Hilfe? So ein Mist, wir lernen nur überflüssige Vokabeln! Der Dieb nutzte die Chance. Er stürmte an den anderen Reisenden vorbei und sprang aus der sich gerade öffnenden Tür. Er rannte über den Bahnsteig und verschwand in einer Menschenmenge. Linus ging zu seiner Tasche und untersuchte sie. Auf den ersten Blick schien alles noch vorhanden zu sein. Was wollte der Dieb gerade mit seiner Tasche? Sein Blick fiel auf das Skarabäus-Amulett, was seine Eltern ihm geschenkt hatten. Sie hatten es von einer Reise aus Ägypten mitgebracht. Der Händler hatte ihnen damals mehrfach versichert, dass es ein jahrtausendealtes Artefakt sei. Er fand es damals einfach cool, weil es farblich zu seinen Adidas-Sneakern passte. Beide waren altrosa. Auch sein iPad und alle anderen Wertsachen waren noch da. Er schaute sich im Waggon um. Auf dem Boden fiel ihm ein Stück Papyrus auf, was dem Dieb in der Eile aus der Tasche gefallen sein musste. Linus hob es auf und verstaute es in seiner Reisetasche. In dem Moment hörte er auch schon Lilli hinter sich rufen. „Hey, Linus, wo bleibst du denn? Alle suchen schon nach dir?" „Irgendjemand wollte meine Tasche klauen und mit Glück konnte ich sie wieder bekommen." „Wow, wer möchte denn deine Tasche haben? Hast du da Juwelen drin?" „Frag mich was leichteres, Lilli. Ich habe keine Ahnung." Zusammen gingen sie zur Gruppe zurück und erklärten den Lehrern die Situation. Nachdem sie alle einen Pass Navigo von Herrn Bagutzki erhalten hatten und er ihnen erneut eingeschärft hatte, wie wichtig es war, auf seine Wertsachen zu achten, ging es mit der Metrolinie 6 Richtung Hôtel de Ville und von dort aus stiegen sie in die autonome Linie 1 und waren um 22:30 Uhr endlich im Hotel angekommen. Die Zimmeraufteilung sorgte zwar noch für einige Diskussionen, aber am Ende ließ sich Linus müde auf sein Bett fallen, aber so richtig einschlafen konnte er nicht. Clemens waren einige hübsche Mädchen aus einer anderen Stadt, die ebenfalls im Hotel eingecheckt hatten, aufgefallen und er unterhielt sich angeregt mit Hark darüber und David mischte sich hier und da auch in die Diskussion ein. Linus ging zu seiner Tasche und holte das Papyrus heraus. Er entrollte es und ihm fiel sofort das Symbol des Skarabäus auf. Dieses tauchte mehrfach auch in einer Kartusche auf. Von seinen Eltern wusste er, dass dies auf einen Königsnamen hindeutete und er hatte dies auch schon irgendwo gesehen, aber nur wo? Dann fiel es ihm blitzartig wieder ein. Er sprang auf und flitzte zu seiner Reisetasche, holte sein Skarabäus-Amulett heraus und drehte es um. Da war sie, dieselbe Kartusche. Die Königskartusche! Vielleicht sollte der Händler doch recht behalten? Nur was stand nun in dem Papyrus? Linus zückte sein iPad und startete ChatGPT: Wie entziffere ich Hieroglyphen? gab er in die Suchmaske ein. Die KI antwortete: Die Entzifferung der Hieroglyphen ist sehr komplex und erfordert hohes fachliches Wissen. Der Franzose Jean-François Champollion schaffte es im Jahr 1824 und trug so dazu bei, die altägyptische Kultur besser analysieren zu können. Ein großes Team im Louvre-Museum erforscht seitdem die Papyri und hat die renommiertesten Experten auf diesem Gebiet. „Ey, schicke Kette, sieht irgendwie ein bisschen schwul aus, bro." „Ein Geschenk meiner Eltern und dein T-shirt ist dann heute auch voll schwul, Alter. Du trägst ebenfalls rosa." „Gut gekontert und alles cool hoffentlich. Was machst du da eigentlich? Und wo hast du diesen alten Fetzen her? Der Geschichtstest mit Herrn Fort ist doch erst nach unserer Paris-Klassenfahrt und sonst fängst du doch auch nicht so früh an zu lernen." „Hör mir auf mit dem Geschichtstest, mit Glück vergisst er den eh wieder bzw. ist an dem Tag nicht da. Das ist dem Dieb meiner Tasche aus der Jacke gefallen und schaut mal hier" Linus zeigte den Jungs sowohl die Rückseite seines Amulettes als auch das Papyrus und zeigte speziell auf das immer wieder auftauchende Skarabäus-Symbol. „Boah, krass. Meinst du, das Teil ist wertvoll?" „Finde ich auch. Und ob es wertvoll ist? Das gilt es herauszufinden. Wann haben wir noch einmal den Louvre Workshop?" „Mittwoch. Meinst du, das könnte mit dem Schatz zusammenhängen, den Herr F. erwähnt hat? Da war doch irgendwas mit einem Kindskönig. Tuten und Amen oder so." David lachte: „Du meinst Tutenchamun." „Habe ich doch gesagt." Linus googelte Königskartusche und Tutenchamun und hielt den Atem an. Das war die Kartusche. In diesem Moment klopfte es. Herr Bagutzki steckte den Kopf durch die Tür. „Meine Herren. Es ist nun 23:30 Uhr und morgen ist um 8:30 Uhr Frühstück. Zeit fürs Bett und nun wirklich Licht aus." „Wird gemacht," sagten alle und nachdem sich die Tür wieder geschlossen hatte, tauschten sie sich kurz über diese Entdeckung aus. „Eine Schatzsuche in Paris. Wie cool wäre das denn?" sagte Hark. Erst einmal müssen wir wissen, was hier auf dem Papyrus steht. Im Louvre werden wir sicherlich Antworten bekommen. Nun sollten wir aber tatsächlich schlafen. Denn nur ausgeruht haben wir eine Chance auf Erfolg. Nickend stimmten ihm alle zu und sie machten das Licht aus.

Kapitel 2 - Eine Stadtrallye und Shopping

Am nächsten Morgen schrillte der Wecker viel zu früh. Das Jungszimmer machte sich schnell fertig und schlurfte zum Frühstücksraum. Sie einigten sich, die Erkenntnisse des letzten Abends zunächst für sich zu behalten. Die Nachricht über den vereitelten Diebstahl von Linus Tasche hatte sich bereits in der Klassengruppe herumgesprochen. Viele kamen zu Linus, um von ihm die Geschichte erneut zu hören. Aber nicht nur die gestrige Anreise war Thema des Frühstücksgesprächs. Auch der heutige Ausflug in die Innenstadt zusammen mit Schülern einer Partnerschule in Argenteuil war Gesprächsthema:

Emmi: „Seid ihr auch schon so gespannt, wie die Franzosen so sind? Ob die auch Handball spielen?"

Valerie: „Ich fände ja auch Volleyball cool. Da könnte man einen Wettkampf veranstalten und jetzt, wo der Paris Plage wieder aufgeschüttet worden ist, könnte man auch gut an der Seine spielen."

Malin: „Mich würde auch deren Küche interessieren. Wir können bei der Essenszubereitung sicherlich noch viel von den Franzosen lernen. Ich würde ja gerne das perfekte Ratatouille kochen und auch gleich das passende Baguette backen."

Laura: „Ich fände es auch toll, wenn die einen Theaterkurs hätten und wir uns Inspirationen für das Musical holen könnten."

Felicia: „Vielleicht könnte man sogar über ein gemeinsames Stück sprechen bzw. dieses entwickeln."

Alina: „Ja, und das führen wir bei uns auf Französisch auf und in Frankreich wird es auf Deutsch gespielt. Wir sollten gleich mal brainstormen."

Mika: „Also mich würde ja interessieren, welche Spiele die so zocken. Vielleicht haben die ja noch etwas Neues für mich. Meine Spiele finde ich langsam etwas langweilig."

Linus lauschte all diesen Gesprächen nur teilweise. Er versuchte, einen Schlachtplan zu entwickeln, um möglichst schnell dem Geheimnis des Papyrus auf die Spur zu kommen. Isabel kam zu ihm an den Tisch: „Na, was machst du denn da? Eine To-do-Liste, was du alles in Paris shoppen möchtest?"

„Isabel, nicht alles hat immer mit Shopping zu tun."

„Ok, was machst du denn dann?"

Linus erzählte ihr die Kurzfassung dessen, was er gestern mit seinen Zimmergenossen herausgefunden hatte.

„Waouh, das ist ja spannend. Wie kann ich dir helfen? Das ist ja wie bei Outerbanks. Unsere eigene Schatzsuche!" rief sie euphorisch.

„Könntest du etwas leiser sein? Es müssen ja nicht alle etwas mitbekommen oder hast du aus der

Serie nichts gelernt? Der Feind kann überall sein."
zischte Linus.

„Na, der Feind sind wir Lehrer selten, aber ihr
könntet eure Lautstärke etwas drosseln," sagte
Herr Bagutzki, der zu ihnen an den Tisch gekommen war. Linus hatte seine Aufzeichnungen schnell
unter dem Tisch versteckt.

„In 15 Minuten ist Aufbruch. Also schnell noch
Zähneputzen und denkt an euren Passe Navigo."

Die Schüler brachen auf und sammelten sich
eine Viertelstunde später im Eingangsbereich des
Hotels. Linus hatte das Papyrus in einer Deckenplatte im Bad versteckt und nur den Skarabäus um
den Hals. Zudem hatte er das Schriftstück mit seinem Smartphone mehrfach fotografiert. Nur für alle
Fälle, dachte er sich. Zusammen ging es mit der
Métro zur Station „Hotel de ville", wo die Rallye starten sollte. Aufgeregt verließen die Schüler der 10b
die Métrostation und hielten nach den Franzosen
Ausschau. Das Handy von Herrn Bagutzki klingelte
und er rief die Klasse entnervt zusammen:

„Das war die französische Kollegin Mme Moreau.
Chaotisch wie immer. Die Gruppe verspätet sich.
Ihr habt nun eine Stunde Freizeit. Mindestens zu
dritt unterwegs sein. Es gibt direkt hier das Einkaufszentrum BHV Marais. Dort könnt ihr euch
umschauen oder ihr wagt einen kurzen Spaziergang zur Kathedrale Notre Dame. Um 10:45 Uhr
treffen wir uns dann wieder hier."

Die Schüler zogen davon. Während Eriona, Matti
und   Eline   Richtung   Einkaufszentrum

verschwanden, entschieden sich Malin, Alina, Laura, Felicia, Valerie, Amy und Jule für den Spaziergang zu Notre Dame. Clemens hatte schon eine Französin ausgemacht und versuchte sich im Flirten, was leider am Französischen scheiterte. Max, Hark und Mika bauten ihn wieder auf und sie entschieden sich, dem BHV Marais Homme eine Chance zu geben. Florian und Klaas schlossen sich ihnen an, bestanden aber darauf, eine Essenspause einzulegen. Das Columbus Café wurde als Kompromiss auserkoren und Klaas und Florian gaben ihre Großbestellung ganz zur Freude der Bedienung auf. Sie vergewisserte sich zwar, ob sie das richtig verstanden hatte, dass Florian zwei Sandwiches bestellte und Klaas zweieinhalb. Dank des Übersetzungsprogramms konnten aber alle Zweifel ausgeräumt werden.

Linus, David, Neele, Emmi, Isabel und Lilli blieben zunächst auf dem Platz stehen und beratschlagten die nächsten Schritte:

Linus: „Wie machen wir das morgen? Wir müssen an die Experten des Louvre kommen. Wisst ihr, wie viel Zeit wir im Museum bekommen?"

Lilli: „Wir müssten drei Stunden zur Verfügung haben, da sollte es doch möglich sein, in dieser Zeit mit einem Experten sprechen zu können."

Emmi: „Ich glaube, du stellst dir das zu einfach vor. Ohne Termin werden wir da niemanden sprechen können."

David: „Da gebe ich Emmi recht. Wir müssen es irgendwie schaffen, die Aufmerksamkeit und das Interesse der Forscher zu bekommen."

Isabel: „Also, ich werde einfach mal dort anrufen und um einen Termin bitten."

Neele: „Du? Das will ich sehen. Bonjour, eh eh eh, je, eh eh..."

Isabel: „Hey, hör auf, dich lustig zu machen. Ich hatte in der letzten Französischarbeit eine 1."

Neele: „Na ja, eine 1- und das auch wegen deiner Zeichnung und du hast doch häufiger zu mir hinübergeschaut."

Isabel: „Das nimmst du zurück." Sie stürzte sich auf sie und fing an, sich mit ihr zu raufen. Alles natürlich rein freundschaftlich.

Linus: „Könnt ihr euch mal zusammenreißen? Ich habe hier gerade mal ein bisschen auf der Seite des Louvre recherchiert. Ich glaube, hier könnte man anrufen, um einen Termin zu buchen. Neele, könntest du da mal anrufen? Du kannst ja nun am besten von uns Französisch. Oder was steht hier? Neele?"

Neele trennte sich wieder von Isabel, nachdem Lilli, Emmi und David interveniert hatten.

Neele: „Hier steht, dass nur Inhaber der Carte clef+ einen Termin buchen können und die ist Lehrern vorbehalten."

Isabel: „Hat Herr Bagutzki nicht erzählt, dass er so eine Karte hat? Wir fragen ihn nachher mal oder vielleicht treffen wir ihn ja auch im BHV Marais."

David: „Bestimmt bei Lacoste oder wie hieß noch einmal die Marke mit dem Fuchs?"

Lilli: „Maison Kitsuné, glaube ich."

Linus: „Ja, genau, das hatte er doch einmal im Unterricht erzählt. Los geht's. Wir sollten keine Zeit verlieren."

Isabel (strahlte): „Und ich komme noch zum Shopping. Win-Win-Situation."

Neele: „Wir sollten vorher noch zu Sephora, denn deine Frisur muss erst einmal wieder in Form gebracht werden."

Gesagt, getan. Nach einem kurzen Abstecher zur Drogeriekette betraten die Freunde das BHV Marais. Sie staunten über die vielen schön gestalteten Verkaufstische und stellten fest, dass viele Waren reduziert waren. Isabel wollte schon losstürmen, aber Neele konnte sie gerade noch so zurückhalten. Missmutig und unter Protest zogen sie sie mit nach oben und trafen Frau Hotsch und Herrn Bagutzki unerwartet in der Teeabteilung.

„Na, habt ihr schon etwas für euch entdeckt? Es gibt ja bis zu 50% Rabatt.", begrüßte er sie.

Isabel: „Mein Reden, aber sie lassen mich nicht."

Linus: „Isabel, du kommst gleich noch zum Shoppen. Es ist gut, dass wir Sie hier treffen. Haben Sie die Carte clef+ des Louvre?"

Herr Bagutzki: „Ja, gerade erneuert, sonst hätten wir so kurzfristig gar keinen Gruppenbesuch mehr für das Museum buchen können."

Neele: „Könnten wir die Nummer der Karte haben?"

Herr Bagutzki: „Warum denn das?"

David: „Monsieur Fort hat uns eine Langzeitaufgabe gestellt. Wir haben gerade das alte Ägypten als Thema und wir sollen eine Papyrus-Schrift übersetzen. Da die renommiertesten Experten für den Louvre arbeiten, haben wir gehofft, dort Hilfe zu bekommen. Um einen Termin zu bekommen, braucht man aber Ihre Karte."

Frau Hotsch: „Das nenne ich mal gelungenen, fächerübergreifenden Unterricht. Auf Französisch Informationen für das Fach Geschichte herausfinden. Sehr vorbildlich von euch."

Lilli: „Ja, so sind wir. Können wir also mit Ihrer Hilfe rechnen? Neele würde dort auch anrufen."

Herr Bagutzki: „So viel Einsatz möchte ich nicht im Weg stehen. Wir sind morgen von 11 bis 14 Uhr vor Ort. In diesem Zeitraum solltet ihr etwas vereinbaren."

Er reichte Neele die Karte und sie rief bei der Abteilung des Louvre an. Wie durch Zufall war noch ein Termin um 12:30 Uhr frei, aber dieser wurde ihnen nur gewährt, wenn ein Lehrer sie begleitete. Neele reichte ihr Handy daher an Herrn Bagutzki weiter, der bestätigte, morgen dabei zu sein. Zufrieden zog die Gruppe weiter und Isabel stürzte sich ins Shopping-Abenteuer. Auch die anderen stöberten in den Angeboten und wurden fündig. Um Punkt 10:45 Uhr begrüßten sie die Franzosen und zogen in gemischten Gruppen durch die Stadt. Sie hatten viel Spaß und am Place des Vosges war eine Zwischenstation eingeplant. Frau Hotsch blieb bei der Gruppe und Herr Bagutzki ging mit Max und Klaas zur Boulangerie *Les désirs de Manon* und bestellte für alle eine *formule de midi.* Diese beinhaltete ein Sandwich, ein Getränk und ein Dessert. Klaas lief das Wasser schon im Laden im Mund zusammen. Sie bestellten eine bunte Mischung aller angebotenen Desserts und zurück auf dem Platz angekommen, verteilten Sie die Sandwiches. Ganz zur Freude von Florian und Klaas schafften nicht alle Mitschüler alles und so blieb jeweils ein zweites Dessert und ein halbes Sandwich für sie übrig. Nach einer kurzen Pause ging es dann zur zweiten Etappe der Rallye und diese endete im Jardin des Plantes. Linus war gerade dabei, seinem französischen Austauschpartner das Spiel Floorball zu erklären, als er die vermummte Person aus dem Zug hinter sich wahrnahm. Als diese merkte, dass er ihn entdeckt hatte, lief sie schnell auf ihn zu und versuchte, ihm seinen Rucksack zu entreißen. Der Franzose, David und Lilli eilten ihm zu Hilfe und schlugen den Täter in die Flucht. Dieser verschwand so schnell, wie er gekommen war und rannte in Richtung der nächsten Métrostation:

„Tu vas bien?" erkundigte sich der Franzose.

„Oui, merci pour votre aide." erwiderte Linus und schaute dabei alle an.

„Echt krass, das hätte auch schiefgehen können," sagte David.

„Wir sollten unseren Lehrern Bescheid geben," sagte Lilli.

Linus merkte, wie sein Herz pochte. Er stand noch etwas neben sich, dann sagte er aber entschieden: „Nein, wir halten die Lehrer vorerst da heraus. Sonst können wir unseren Termin morgen vergessen."

David: „Du hast recht, aber wir sollten noch vorsichtiger sein als vorher."

Am frühen Abend war die Rallye beendet. Malin hatte ein neues Ratatouille-Rezept, die Musical-Mitglieder schon eine WhatsApp-Gruppe mit den französischen Theaterschülern gegründet und Valerie war der Volleyball-Gruppe der Franzosen hinzugefügt worden. Die Lehrer einigten sich auf einen Termin für ein Turnier, was am Donnerstagabend stattfinden sollte. Dann ging es für die Deutschen zurück ins Hotel. Das Abendessen stand an. Das Büffet fand großen Anklang. Es gab Backfisch mit Bratkartoffeln. Es kam zu einem kurzen Eklat, weil die Lehrer keine Bratkartoffeln mehr bekamen, weil die Schüler sich zu viel auf ihre Teller gefüllt hatten. Durch eine Spende von einigen, wurden sie aber wieder besänftigt. Bevor es auf eine nächtliche Tour durch Paris gehen sollte, konnten sich die Schüler für eine halbe Stunde auf ihre Zimmer zurückziehen. Als Linus die Karte gegen das Lesegerät an der Zimmertür hielt, kam ihm schon etwas merkwürdig vor. Dann bemerkte er es. Die Tür war nicht verschlossen. Er gab den anderen Jungen ein Zeichen und diese traten leise zu ihm. Mit einer ruckartigen Bewegung öffnete er die Zimmertür und sie fanden das Chaos vor. Der Inhalt von ihren Taschen war über den Zimmerboden verteilt. Die Schubladen der Kommode und auch die Schranktüren standen offen. Plötzlich hörten Sie Geräusche aus dem Badezimmer. Die Tür öffnete sich und die vermummte Gestalt trat hervor, eine Waffe auf sie gerichtet.

„Keine Bewegung. Ihr ward sehr sehr schlau. Aber nicht schlau genug! Keinen Mucks oder ihr seid tot! Ich werde jetzt mit dem Papyrus verschwinden und ich warne euch: Kommt mir nicht mehr in die Quere!"

„Damit kommen Sie nicht durch!" zischte Linus.

Die vermummte Gestalt lachte nur und verschwand geschwind aus dem Zimmer. Erst als die Tür hinter ihr ins Schloss fiel, rührten sich die Jungen wieder.

Clemens kam zuerst wieder zu sich: „Scheiße, wie krass war das denn bitte?"

Hark: „Mir ist das auch irgendwie zu heikel. Ich bin raus."

Clemens: „Ich möchte auch nicht mehr mitmachen. Ich habe da immer noch die blonde Schülerin aus Bremen im Auge. Darauf möchte ich mich konzentrieren."

Linus: „Kann ich verstehen. Dann sagt aber nichts zu den Lehrern! David, bist du noch dabei?"

David: „Auf jeden Fall. Wir sind einer ziemlich großen Sache auf der Spur, scheint mir."

Die Jungen räumten ihre Sachen wieder weg und trafen pünktlich zur Nachttour im Foyer des Hotels ein. Die Klasse erkundete die Place de la Concorde, die Tuilerien, den Louvre und die Champs-Élysées.

Am Ende ging es noch zum Tour Eiffel und pünktlich um 23 Uhr fing dieser an zu glitzern. Die Mitschüler hatten viel Spaß und machten viele Fotos. David, Linus, Isabel, Neele, Emmi und Lilli machten zwar auch Fotos, sie waren aber dabei stets auf der Hut, drehten sich regelmäßig um und behielten sich gegenseitig im Auge. Um 24 Uhr fielen alle müde ins Bett.

Kapitel 3 - Im Louvre

Nach dem Frühstück ging es für die ganze Klasse in Richtung Louvre. An der Passage Richelieu wurden zunächst die Rucksäcke gescannt und danach ging es hinab unter die Glaspyramide und in den Gruppenbereich. Nachdem alle Rucksäcke verstaut waren, verteilte Herr Bagutzki die Eintrittskarten.

Ngoc Ahn: „Dürfen wir uns egal was ansehen?"

Herr Bagutzki: „Ihr dürft euch im gesamten Gebäude frei bewegen. Nur wenn ihr einen Eingang wieder verlasst, erlischt euer Ticket. Insofern ist es wichtig, dass ihr immer einen Personalausweis dabei habt. Dann könnt ihr kostenlos wieder hinein."

Inga: „Ich möchte die Mona Lisa und die Venus von Milo anschauen."

Herr Bagutzki: „Eine sehr gute Wahl. Ich kann euch aber auch die altägyptische Sammlung sehr empfehlen. Eine der größten in ganz Europa."

Emmi: „Oh, das klingt ja spannend."

Linus: „Gibt es auch Ausstellungsstücke aus der Zeit von Tutenchamun?"

Herr Bagutzki: „Es gibt sogar welche aus der Amarna-Zeit. Wir treffen uns dann um 12:15 Uhr wieder genau hier. Und an alle anderen, wir treffen uns um 14 Uhr wieder vor dem Eingang zu den Gruppenräumen."

Die Schüler strömten in Kleingruppen auseinander. Während die meisten den Eingang zur Mona Lisa wählten, ging die Gruppe von Lilli, Isabel, Neele, Emmi, Linus und David in die altägyptische Sammlung. Sie waren beeindruckt von den Ausstellungsstücken, fotografierten sich vor dem sitzenden Schreiber und auch vor einer Sphinx und bestaunten die verschiedenen Artefakte. Sie betraten den Raum der Amarna-Dynastie. Im Zentrum fiel ihnen sofort eine Statue auf. Sie stellte den Kindkönig Tutenchamun dar. Linus merkte plötzlich, wie sich das Amulett erwärmte und es anfing zu leuchten. Sobald er sich wieder von der Statue entfernte, war alles wieder normal.

Neele: „Krass, ein eindeutiges Indiz dafür, dass die beiden Sachen miteinander verbunden sind."

Linus: „Ja, und je dichter ich an die Statue gehe, desto stärker wird das Leuchten."

David: „Wir sollten versuchen, das Amulett mit der Statue zu verbinden. Vielleicht wird dann ein Mechanismus ausgelöst?"

Isabel: „Ich mache erst einmal ein Selfie mit der Statue. Haha. Sehr cool.“

Emmi verdrehte die Augen: „Du und deine Selfies. Bleib bei der Sache, Isabel!“

Isabel: „Hey, ich bin immer allzeit hochkonzentriert.“

Lilli: „Wer es glaubt.“

Isabel: „Hey…“

Linus: „Schaut mal hier, auf dem Rücken der Statue ist die Namenskartusche eingemeißelt. Ich finde aber keine Öffnung, in die man den Skarabäus stecken könnte.“

Emmi: „Und wenn wir sie der Statue umhängen?“

Linus: „Einen Versuch ist es wert.“

Er nahm sein Amulett ab und spürte, wie es zu pulsieren begann.

Linus: „Autsch, das wird immer heißer.“

Er fasste das Amulett nun nur noch an der Kette an und legte es um den Hals der Statue. Das Amulett flackerte kurz auf, aber dann passierte nichts.

David: „Komisch, als ob noch irgendetwas aktiviert werden müsste. Drehe das Amulett doch einfach mal um.“

Linus drehte den Skarabäus und die Namenskartusche leuchtete rosa.

Lilli: „Leute, schaut mal!"

Die Kartusche auf der Rückseite der Statue verfärbte sich ebenfalls. Plötzlich ertönte ein lautes Knacken, die Kartusche drehte sich zur Seite und gab ein kleines Fach innerhalb der Statue frei. Ein vom lauten Geräusch aufgeschreckter Museumswärter kam mit schnellen Schritten und bösem Gesicht auf sie zugelaufen. Es blieb keine Zeit zu verlieren. Linus griff in den Hohlraum, zog eine in ein Leinentuch gewickelte Sache heraus und ließ sie in seiner Hosentasche verschwinden. Er konnte gerade noch die Kartusche wieder schließen, als der Wärter sie erreichte.

Wärter: „Was macht ihr hier! Könnt ihr nicht lesen? „Nicht anfassen!" steht hier doch überall. Zeigt ein bisschen Respekt und was ist das?" Er zeigte auf die Kette. „Nehmt diese sofort wieder ab!" Isabel mischte sich ein:

„Bitte entschuldigen Sie. Das ist das Amulett meiner Großmutter. Sie wollte es so gerne an einer ägyptischen Statue sehen. Daher habe ich ein Selfie damit gemacht, sehen Sie?" Sie zeigte ihm ihr Smartphone. Er studierte die Aufnahme mit einem grimmigen Gesichtsausdruck. Dann sagte er:

„Und was hat diesen Krach verursacht? Das hallte ja durch die gesamte Halle!"

„Das war mein Fehler," schaltete sich Linus ein. „Mir ist mein Smartphone mit meiner Metallhülle auf den Boden gefallen. Sehen sie?" Er zeigte sein zerbeultes Telefon, das eigentlich während einer aus dem Ruder gelaufenen Party auf Lorette de Mar kaputtgegangen war. Der Wärter schien etwas besänftigt:

„Na schön, reißt euch für den weiteren Besuch zusammen und keine lauten Geräusche mehr."

„Wir versprechen es, vielen Dank für Ihr Verständnis," sagte Isabel mit einem engelsgleichen Lächeln. Die Freunde gingen die Treppe zur Ausstellung des Totenkultes der Ägypter hinab.

Linus: „Das war knapp. Gute Idee, Isabel!"

Isabel: „Seht ihr? Dafür sind Selfies gut!"

Neele: „Ok, ok. Punkt für dich. Nun wollen wir aber sehen, was du da aus der Statue herausgeholt hast, Linus!"

Linus zog das Leinenknäuel aus seiner Hosentasche.

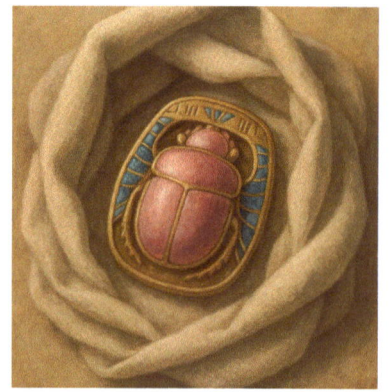

Emmi: „Wie schön das aussieht und dem Anschein nach wie neu!"

David: „Das lag mehrere tausend Jahre in der Statue verborgen und du hast es entdeckt."

Linus: „Wirklich beeindruckend, aber war das jetzt schon alles? Irgendwie glaube ich das nicht. Da muss noch mehr dahinter stehen."

Neele: „Das Papyrus wird die Antwort enthalten und in der Zwischenzeit sollten wir uns noch ein bisschen umschauen. Ich würde gerne noch die Mona Lisa sehen, bevor wir dann zu unserem Termin müssen."

Sie verließen die ägyptische Abteilung und drängelten sich durch die große Galerie. Der Saal mit der Mona Lisa war wie immer voller Menschen. Die Freunde bahnten sich einen Weg durch die Massen und konnten ein Selfie mit der lächelnden Hauptattraktion machen. Sie trafen dabei auf Valerie, Laura, Felicia, Malin und Alina.

Alina: „Na, was habt ihr schon alles gesehen?"

David: „Wir waren bisher nur in der ägyptischen Abteilung."

Malin: „Ich wusste gar nicht, dass ihr so strebsam seid. Die Aufgabe von Herrn Fort ist doch erst bis übernächste Woche zu erledigen."

Linus: „Manchmal kann auch in uns das Interesse geweckt werden! Wo wir gerade dabei sind: Was hatte Herr Fort noch einmal über die Zeit von Tutenchamun erzählt?"

Valerie: „Dass der Tod des Kindkönigs nach neusten Erkenntnissen durch einen Streitwagenunfall verursacht worden ist und nicht, wie vorher angenommen, durch Dritte herbeigeführt wurde."

David: „Da war aber doch auch noch irgendetwas mit seinem Grab, oder?"

Felicia: „Ja, es gilt zwar als das bisher am unberührtesten vorgefundene Grab, da fast alle Schätze noch vorhanden waren, aber es fehlten auf einer In-schrift des Grabes verlorengegangene Skarabäen. Der eine soll in einem Amulett des Königs eingelassen sein und der zweite ist klassisch grün. Der Entdecker des Grabes, Howard Carter, konnte aber weder den einen noch den anderen finden. Er soll die Vermutung geäußert haben, dass ein Arbeiter möglicherweise das Amulett gestohlen haben könnte. Er konnte es aber nie beweisen. Was aus dem zweiten Skarabäus geworden ist, bleibt ebenfalls ein Rätsel."

Alina: „Der Legende nach sorgen die beiden Skarabäen zusammen für ewiges Leben und danach strebten alle ägyptischen Pharaonen."

Lilli: „Danke für die Geschichtsstunde. Linus, denk an unseren Termin. Es ist 11h50. Wir sollten aufbrechen."

Linus: „Stimmt. Danke für die Informationen."

Malin: „Wieso wolltet ihr das alles wissen? Was heckt ihr wieder aus?"

Isabel: „Nichts, nichts. Ciao."

Die Gruppe ließ ihre Mitschülerinnen stehen und steuerte Richtung Eingangshalle. Ihr Herz pochte. Wenn das wirklich alles so stimmte, waren sie einer der größten Entdeckungen der letzten Jahrzehnte auf der Spur.

Herr Bagutzki erwartete sie bereits. Zusammen gingen sie Richtung Ausgang des Museums, am Shop vorbei und betraten das Caroussel du Louvre, ein unterirdisches Einkaufszentrum. Sie passierten die umgedrehte Glaspyramide und bogen links ab.

Nach einem längeren Gang vorbei an zahlreichen Boutiquen standen sie vor einer meterhohen Tür. „L'école du Louvre" stand darüber geschrieben. Sie wurden bereits erwartet. Die Empfangsdame öffnete die massive Tür und führte sie ins Innere. Dort wurden sie in einem kleineren Raum mit einem Tisch und genau acht Stühlen geführt: sieben für sie und einer für den Experten. Nach einer kurzen Wartezeit betrat dieser den Raum und Linus zeigte ihm die Fotos des Papyrus. Er betrachtete sie aufmerksam. Mehrfach vergrößerte er mit seinen Fingern einzelne Ausschnitte. Linus hielt die Ruhe

nicht mehr aus.

Linus: „Können Sie uns sagen, was da steht?"

Experte: „Das kann ich. Aber ich frage mich, wie ihr an dieses Foto gekommen seid."

David: „Unser Geschichtslehrer hat es uns zur Verfügung gestellt. Wir sollten als Langzeitaufgabe den Inhalt entschlüsseln lassen. Unsere Mitschüler haben andere Aufgaben erhalten." Das stimmte zwar, aber das eigentliche Papyrus, was Herr Fort ihnen mitgegeben hatte, war ein ganz anderes.

Experte: „Interessant. Dieses Papyrus hier wurde nämlich vor einiger Zeit aus dem ägyptischen Museum in Kairo gestohlen."

Neele: „Unser Lehrer hat erst vor kurzem einen Kollegen, der dort im Auslandsschuldienst arbeitet, besucht und die Fotos und Arbeitsaufträge mitgebracht."

Experte: „Zufällig im März? Da war es nämlich noch im Museum ausgestellt."

Linus: „Ja, genau, er war während der Osterferien dort."

Herr Bagutzki: „Das kann ich bestätigen."

Experte: „Nun gut. Dann will ich das so mal glauben. Es handelt sich bei diesem Papyrus nämlich um eine Sage, die die Ägyptologie schon seit einigen Jahren beschäftigt. Es geht dabei höchstwahrscheinlich um den zweiten, verschollenen Skarabäus. Hier steht:

„Ist Ra dem Gott Thot gleich, wird Chepre zweifach dafür sorgen, dass ewiges Leben dem zuteil wird, der ihn zu den Brüdern gebracht hat."

„Ich verstehe nur Bahnhof," platzte es aus Isabel heraus.

Experte: „Dann möchte ich eurem Geschichtswissen mal etwas auf die Sprünge helfen. Die alten

Ägypter hatten viele Götter, der Monotheismus ist eine Erfindung von Echnaton, dem Vater von Tutenchamun. Er erhob Ra, also die Sonne, zur einzigen Gottheit und gilt als Begründer der heutigen Weltreligionen. Allerdings hat ihm das zu seiner Zeit den Zorn der Priester eingebracht. Sein Sohn Tutenchamun besänftigte die Priester und führte den alten Glauben wieder ein."

Isabel: „Ok und wer ist dann Thot und dieser Cherper?

Der Experte lachte: „Du meinst Chepre. Dieser Gott fuhr die Sonnenbarke des Ra. Thot ist wiederum der Gott des Mondes."

Herr Bagutzki: „Vielen Dank für diesen interessanten Einblick. Nun wird es aber Zeit, dass wir zu euren Mitschülern zurückkehren."

Die Freunde bedankten sich ebenfalls beim Experten und verließen nachdenklich die Schule des Louvre.

Als sie wieder beim Gruppenbereich angekommen waren, lief ihnen Frau Hotsch bereits entgegen.

„Es fehlen noch Ngoc Ahn, Inga und Eriona. Ich erreiche sie auch nicht auf ihrem Handy. In der Klassengruppe haben sie auch nicht geantwortet."

Clemens: „Also, ich habe sie zuletzt in Richtung der ägyptischen Ausstellung gehen sehen."

Herr Bagutzki: „Wir haben 14 Uhr gesagt. Nun ist es 14:15 Uhr. Das finde ich nicht mehr witzig."

Alina: „Ich versuche sie mal auf Snapchat zu orten. Hm, komisch, Inga scheint außerhalb des Louvre unterwegs zu sein und sitzt schon in der Métro."

Herr Bagutzki: „Wie bitte? Ich rufe sie jetzt mal an. Sie können doch nicht einfach das Museum verlassen!"

Gerade, als er auf „Wählen" gedrückt hatte, kamen die drei verspäteten Schülerinnen angerannt.

Eriona: „Entschuldigen Sie bitte. Wir können das erklären."

Frau Hotsch: „Da sind wir aber sehr gespannt. Wenn wir sagen 14 Uhr, dann heißt das auch 14 Uhr!"

Ngoc Ahn: „Es tut uns leid, aber wir wurden von einem Mann angesprochen und der hat uns ganz viele Fragen gestellt. Wo wir herkommen und warum wir in Paris sind und was wir noch so vorhaben. Er meinte, das sei für einen Zeitungsartikel. Wir haben uns nichts dabei gedacht."

Inga: „Ja und als er weg war, wollte ich nach meinem Handy greifen und dann konnte ich es nicht finden. Erst dachte ich, dass ich es irgendwo abgelegt hatte und deshalb sind wir alles noch einmal abgelaufen, wo wir gewesen sind. Doch es war unauffindbar."

Eriona: „Und dann habe ich die Ortung über SnapChat gestartet und gesehen, dass es außerhalb des Louvre ist. Dann fiel uns erst auf, wie spät es schon war. Wir wollten Sie nicht beunruhigen."

Herr Bagutzki: „Wo hattest du dein Handy denn verstaut."

Inga (kleinlaut): „Hinten in der Gesäßtasche…"

Frau Hotsch: „Wie oft haben wir euch gesagt, dass das gerade hier in Paris ein ungeeigneter Ort für Wertsachen ist?"

Inga: „Oft genug, aber irgendwie habe ich das ganz automatisch dort hingesteckt. Ein Museumswärter hatte mich auch noch darauf hingewiesen. Glaube ich zumindest… Ganz verstanden habe ich ihn nicht. Meine ganzen Fotos. So ein blöder Mist!"

Herr Bagutzki: „Könnt ihr das Handy denn weiterhin orten?"

Ngoc Ahn: „Ja, und es ist ein bisschen komisch. Seit einiger Zeit bewegt es sich nicht mehr. Es scheint in einem Park zu sein, dem Parc Monceau."

Herr Bagutzki: „Du scheinst Glück im Unglück zu haben. Dort wollten wir als nächstes hingehen."

Inga: „Oh, wie schön. Dann nichts wie los. Ich hoffe, ich kann meine Fotos retten."

Kapitel 4 - Auf der Suche nach dem Smartphone

Nachdem alle Rucksäcke verteilt waren, verließen sie das Museum. Sie passierten erneut die École du Louvre und stiegen in die autonome Métroline 1 und stiegen in der Station Charles de Gaulle-Étoile in die M2 in Richtung der Station Monceau um. Eriona behielt Ingas Handy stets im Blick und meldete weiterhin keine Veränderung des Standortes.

Linus hatte ein ungutes Gefühl bei der Sache.

Linus: „Und wenn das eine Falle ist? Wer sagt denn, dass das nicht der vermummte Typ war, der uns schon in unserem Zimmer aufgelauert hat?"

Neele: „Da hast du recht, aber glaubst du wirklich, dass er uns in der Gruppe angreifen würde?"

David: „Das glaube ich auch nicht. Wir sollten aber dennoch aufpassen!"

Gerade verließen Sie die Métrostation und überquerten die Straße in Richtung des Parks. Die Ampel sprang auf Grün und die Gruppe lief schnellen Schrittes auf den Park zu. Eriona, Inga, Ngoc Ahn und Herr Bagutzki gingen voran. Eriona starrte unentwegt auf die Ortung. Die Gruppe um Linus bildete die Nachhut. Sie drehten sich immer wieder um, konnten aber nichts Verdächtiges erkennen. Der Parc Monceau wurde von Louis-Philippe-Joseph, Herzog von Orléans und Herzog von Chartres, einem Cousin des 1774 zum König gekrönten Ludwig XVI gegründet. Er kaufte nach und nach das Land für den Park und eröffnete ihn im Jahre 1769. Der Park beinhaltet eine Reihe von Miniaturausgaben architektonischer Bauten. Die Gruppe steuerte auf genau eine dieser Bauten zu: eine ägyptische Pyramide.

Eriona: „Hier müsste dein Handy sein, Inga."

Inga: „Dann nichts wie los, suchen wir es!"

Zunächst versuchte sie, die Eingangstür zu öffnen und rüttelte an der Stahltür. Leider ohne Erfolg.

Inga: „Wäre auch zu leicht gewesen. Hm, wo könnte es denn sonst sein?"

Philipp: „Schaut mal hier auf der Rückseite. Da ist eine schmale Öffnung, sieht aus wie ein Fenster."

Inga rannte herbei und versuchte heranzukommen. Sie sprang hoch, erreichte die Öffnung aber nicht. Herr Bagutzki erbarmte sich und tastete mit seiner Hand die Öffnung ab. Er stockte, griff etwas und zog es heraus. Inga bekam ein Lächeln auf ihrem Gesicht.

Inga: „Mein Handy!" rief sie verzückt. Schnell kontrollierte sie ihre Fotogallery. „Alles noch da. Nichts gelöscht. Hier, Ngoc Ahn, auch unser Selfie mit Mona Lisa ist noch drauf."

Herr Bagutzki: „Du hast wirklich riesiges Glück, Inga. Wo verstaust du dein Handy ab sofort?!"

Inga: „In einer Innentasche meines Rucksackes. Vielen Dank, dass wir es suchen durften."

Herr Bagutzki: „Richtige Antwort. Nun sollten wir alle eine kurze Pause einlegen. Meine Damen und Herren. Nun wird es Zeit, das Lunchpaket zu verspeisen."

Klaas und Florian: „Eine sehr gute Idee!"

Die Gruppe machte es sich auf einer Grünfläche bequem und genoss die Auszeit in der Sonne.

Neele: „Also, es ist schon komisch, dass wir das Handy bei einem Ort finden, der in Verbindung mit dem alten Ägypten steht, oder?"

Linus: „Das sehe ich auch so. Das ist kein Zufall."

David: „Es war aber keiner hinter uns. Dennoch ist es merkwürdig."

Isabel: „Wir sollten auch noch einmal über das Rätsel sprechen."

Linus: „Ja, ..." Weiter kam er nicht. Denn Inga kam auf ihn zu. Ihr Gesicht war angespannt. Wortlos gab sie ihm ihr Handy. Eine Nachricht war zu sehen. Linus begann zu lesen. Sein Gesicht wurde bleich:

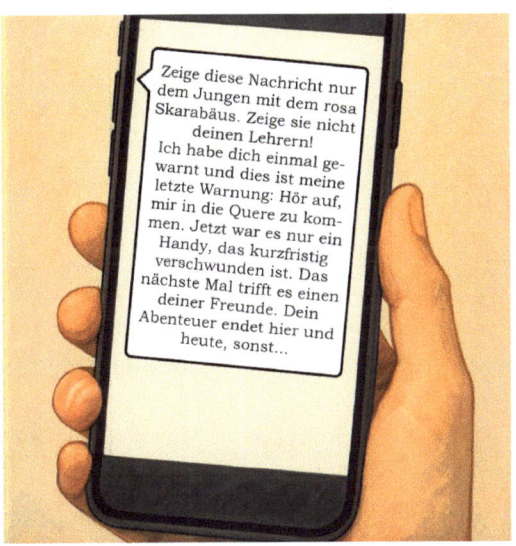

Lilli: „Linus, was hast du?"

Wortlos gab er ihr das Handy. Auch Emmi, David, Neele und Isabel schauten sich die Nachricht an. Inga durchbrach die Stille.

Inga: „Was soll denn das für ein Abenteuer sein? Sind wir in Gefahr?"

Linus: „Wem hast du die Nachricht noch gezeigt?"

Inga: „Niemandem. Ich finde sie ganz schön einschüchternd. Daher habe ich nur das getan, was drin stand, sie nämlich dir zu zeigen."

Linus und die anderen schauten sich um und scannten den Park. Es war niemand zu sehen.

Linus: „Hier sind mir zu viele Leute und unsere Mitschüler sind ja bekanntlich sehr neugierig. Lass uns ein Stück gehen."

Er ging zu den Lehrern und erfragte, ob sie eine kleine Runde durch den Park drehen könnten. Sie sollten in Sichtweite bleiben und das taten sie auch. Als sie außer Hörweite der anderen waren, erzählte er ihr in Kurzfassung von dem Papyrus und wie es ihm im Hotel wieder abgenommen wurde. Vom Rest erzählte er nichts.

Inga: „Oha, das klingt ja richtig gefährlich und du glaubst, derjenige, der uns interviewt hat, war derselbe, der das Papyrus aus deinem Zimmer geklaut hat?"

Linus: „Ja, kannst du ihn etwas genauer beschreiben?"

Inga: „Puh, das wird schwierig. Er hatte eine verspiegelte Sonnenbrille und eine Kapuze auf. Somit war nicht viel zu sehen. Er trug eine normale Jeans und weiße Sneaker. Das Kapuzenshirt war schwarz. Ich hatte mich ehrlich gesagt schon über seine Kleidung gewundert. Er erklärte uns aber, dass er kürzlich eine Augen-OP hinter sich hatte und daher grelles Licht meiden müsse. Das klang irgendwie glaubwürdig. Sorry."

Linus: „Danke trotzdem."

Inga: „Und was soll das für ein Abenteuer sein?"

Linus: „Für den Moment ist es, glaube ich, besser, wenn du nichts darüber weißt. Ich möchte dich nicht in Gefahr bringen."

Inga: „Ok, aber du hörst doch jetzt auf damit, oder? Ich finde, du solltest die Drohung ernst nehmen."

Linus: „Ja, das wird mir auch zu heikel."

Inga: „Gut, dann können wir ja weiter unseren Parisaufenthalt genießen."

Linus: „Du sagst es." Natürlich wollte er noch nicht aufhören. Er hielt es aber für das beste, die anderen Mitschüler in dem Glauben zu lassen.

Die Lehrer riefen die Schüler zu sich. Es war Zeit, zurück ins Hotel zu fahren. Das Abendessen stand an.

Gegen 19:30 Uhr erreichten sie das Hotel. Die Schüler strömten gleich in den Speisesaal. Klaas war ganz vorne in der Schlange. Sein Magen knurrte bereits. Florian ging es ähnlich. Heute stand Lasagne auf der Karte. Ein Lächeln ging über beide Gesichter. Linus und seine Freunde suchten sich einen Platz abseits der Mitschüler. Sie sprachen mit gedämpfter Stimme.

Linus: „Wir sollten zumindest heute den Anschein wahren, als ob wir das Abenteuer nicht weiter verfolgen."

Lilli: „Was ja nicht heißen muss, dass wir uns keine Gedanken darüber machen, was das Rätsel auf dem Papyrus bedeuten soll."

Neele: „Das sehe ich auch so."

David: „Wenn uns jedoch einer anspricht?"

Isabel: „Sagen wir, dass das Abenteuer vorbei ist."

Emmi: „Aber seien wir dennoch wachsam und Linus, verpacke deine Artefakte sicher. Am besten behältst du sie immer bei dir."

Alle nickten zustimmend.

Der Tag neigte sich dem Ende zu. Nach Rücksprache mit den Lehrern gingen einige Schüler noch zum nahegelegenen Supermarkt, um sich mit Wasser und Snacks für den nächsten Tag einzudecken.

Clemens nahm allen Mut zusammen und sprach seinen Schwarm aus Bremen an. Man sah ihn und seine Angebetete noch einige Zeit im Foyer des Hotels sitzen. Hark hatte sich zurückgezogen. Er wollte die beiden nicht stören. Gegen 22 Uhr wurden die zwei Turteltauben dann von Frau Hotsch und Herrn Bagutzki getrennt. Sie verabredeten sich bereits für den nächsten Abend. Müde und erschöpft fielen alle ins Bett. David und Linus sicherten die Tür noch zusätzlich, indem sie ihre Koffer unter die Klinke klemmten. Dann fielen auch ihnen die Augen zu.

Kapitel 5 - Im Schloss Versailles

Der Wecker klingelte. Das Handydisplay zeigte 07:30 Uhr. Wieder einmal war es Isabel, die die erste war, die energiegeladen aus dem Bett sprang. Sie ging zum Fenster und zog die Vorhänge zur Seite. Die anderen Mädchen im Zimmer protestierten und hielten sich die Augen zu.

Isabel: „Los Mädels, aufstehen, die Sonne lacht. Versailles wartet. Und passend zum Besuch des Sonnenkönigs strahlt die Sonne am Himmel."

Lilli: „Isabel, nein, zu früh, zu viele Informationen und einfach: nein!"

Neele: „Ja genau, nein, nein und nein!"

Isabel: „Ihr benehmt euch ja wie verwöhnte Prinzessinnen. Raus aus den Federn. Die Morgentoilette wartet."

Emmi: „Noch 5 Minuten. Snooze, Snooze, Snoooooze!"

Alle Bemühungen, noch eine Runde weiterzuschlafen, waren vergebens. Als die Mädchen das Zimmer verließen und in den Fahrstuhl nach unten einstiegen, hielt er in der Etage unter ihnen. Die Jungs stiegen ein, auch sie waren sichtlich müde.

Isabel: „Ihr trüben Tassen. Wo bleibt euer Lächeln? Die Sonne strahlt und wir sehen Versailles:

das Schloss, den Spiegelsaal und den Garten, natürliche Bräune inklusive."

Clemens: „Erst einmal einen Kaffee. Vorher kannst du mich mal gern haben."

Isabel: „Oh, war da einer zu lange auf, mit einer gewissen Person?"

Emmi: „Stimmt, wie war es denn mit der schönen Unbekannten?"

Clemens: „Ohne einen Kaffee keinen Kommentar!"

Lilli: „Na gut, aber so einfach entkommst du uns nicht."

Hark: „So viel kann ich, glaube ich, sagen: Es wird ein Wiedersehen geben."

Neele: „Uuuh, und schon ist Leni vergessen?"

Clemens: „Nun ist aber gut!"

Linus und David waren während der gesamten Zeit auffällig still geblieben. Sie wirkten geradezu nachdenklich. Nachdem sie sich am Frühstücksbuffet bedient und sich an einen Tisch gesetzt hatten, brachen sie ihr Schweigen.

Linus: „Mir geht das Rätsel nicht mehr aus dem Kopf. Ich habe hin- und herüberlegt, komme aber nicht auf die Lösung. Das macht mich verrückt."

David: „Ich habe das Rätsel auch mal bei Chat-GPT eingegeben und es kam nur unverständlicher Quatsch heraus."

Isabel: „Ich sage ja, man versteht nur Bahnhof. Lassen wir doch heute das Rätsel ein Rätsel bleiben und lenken uns ein wenig ab. Ich bin schon ganz gespannt auf Versailles und den Garten."

Neele: „Da muss ich dir ausnahmsweise mal recht geben. Und wer weiß, vielleicht fällt es uns in Versailles wie Schuppen von den Augen. Schließlich ist Ludwig XIV. ja der Sonnenkönig und Ra der altägyptische Gott der Sonne."

Linus: „Wahrscheinlich habt ihr recht. So machen wir es."

Isabel: „Sehr gut. Wusstet ihr, dass Marie-Antoinette zu den armen Leuten gesagt haben soll, dass sie doch Kuchen essen sollen, als sie sich kein Brot mehr leisten konnten? Heute ergibt der Satz ja nun mal gar keinen Sinn. Kuchen ist doch viel teurer als Brot."

Neele: „Neue Forschungen haben gezeigt, dass sie das nie gesagt haben soll. Damals war die Inflation so hoch, dass die Menschen sich nicht einmal mehr Brot leisten konnten. Den Spruch hat man ihr angedichtet, da man so die Arroganz der Königin verdeutlichen wollte, dass sie sich überhaupt nicht in die einfachen Leute hineinversetzen konnte. Heute weiß man, dass sie sehr intelligent war."

Emmi: „Spannend, aber Marie-Antoinette kam ja viel später. Sie fiel ja schließlich mit Ludwig XVI. der Revolution zum Opfer."

Lilli: „Auch wenn sie später erst eine Rolle spielte, hat sie den Schlosspark maßgeblich mitgestaltet. Es gibt sogar eine kleine Farm mit Leuchtturm."

Isabel: „Die möchte ich gerne sehen."

Mit der Métrolinie 6 über Montparnasse Bienvenue und dem Regionalzug N ging es bis zur Station Versailles. Sie folgten einer großen Menge von

Menschen, die ebenfalls wie sie auf dem Weg zum Schloss waren. Die Schüler fragten sich schon, wie lange sie wohl in der schon morgens ziemlich stark brennenden Sonne stehen müssten, aber glücklicherweise hatte Herr Bagutzki ein Zeitfenster im Voraus gebucht. So konnten sie an den zahlreichen Reisegruppen vorbeigehen und waren direkt an der Reihe. Sie starteten mit einer Tour durch das Schloss. Wer wollte, konnte sich die App des Schlosses herunterladen und einen Audioguide anhören. Zur großen Freude der Schüler war dieser auch auf Deutsch. Neben der königlichen Kapelle und den königlichen Gemächer durfte natürlich auch der berühmte Spiegelsaal nicht fehlen. Dort angekommen, erleuchtete die Sonne den Raum. Die Schüler schauten sich beeindruckt um und machten diverse Selfies. Sie ließen auch die bisherige Besichtigung auf sich wirken.

Matti: „Schon komisch, dass dir Leute beim Aufstehen zugucken und du einem ganz engen Zeremoniell unterworfen bist, oder?"

Eline: „Ja, und beim Essen schaut man dir auch zu und kommentiert jeden Bissen. Ich möchte da meine Ruhe haben und nicht beobachtet werden."

Isabel: „Also ich hätte kein Problem mit dem Aufstehen."

Emmi: „Ja, das hast du heute morgen wieder unter Beweis gestellt."

Linus zog Neele, David und Lilli ein bisschen zur Seite.

Linus: „Habt ihr auch den Audioguide im Salon d'Apollon gehört? Wie der Gott Ra stand Apollon für die Sonne und überall zeigt sich der König als Gesicht, umgeben von Sonnenstrahlen. Rund angeordnet. Rund. Hm."

David: „Ja, stimmt. Das ist mir auch schon aufgefallen. Was hat der Experte noch einmal zu Thot gesagt?"

Lilli: „Der ist der Gott der Weisheit und des Mondes."

Neele: „Ich habe gerade mal nachgeschaut. In der griechischen Mythologie wäre das die Göttin Selene."

David: „Tja, wäre ja auch zu einfach gewesen. Einen Salon, der der Selene gewidmet ist, gibt es natürlich nicht."

Linus: „Aber schon interessant, dass er sein Schlafzimmer so ausgerichtet hat, dass die Sonne genau dort aufgeht, oder?"

Neele: „Ja und zugleich im Zentrum des gesamten Schlosses. So hat er sich ja selbst auch verstanden. Er stand im Zentrum des Staates und alles dreht sich um ihn: L'état, c'est moi."

Linus: „Es bringt uns aber nicht wirklich weiter. Dennoch interessant. Wir behalten mal die Tatsache, dass sich alles um etwas dreht, im Hinterkopf."

Lilli: „Wir sollten erst einmal weiter das Schloss auf uns wirken lassen."

Sie verließen den Spiegelsaal und steuerten auf den Garten zu. Sie bekamen zwei Stunden, um ihn zu erkunden. Einige schlenderten die großen Alleen entlang und suchten die einzelnen Fontänen auf, von denen jedoch nicht jede funktionierte. Andere genossen eine Kugel Bio-Sorbeteis und verweilten auf einer Bank. Das Hameau de la Reine durchstreiften Isabel, Eriona, Emmi und Neele. Besonders gefiel ihnen der Karpfenteich, den man über eine Brücke überqueren konnte. Malin, Laura, Valerie und Felicia schauten sich das Petit Trianon an und zeigten sich auch von dem kleinen Garten beeindruckt. Max, Mika, Florian, Philipp und Klaas brachen zu einer kleinen Bootstour auf dem Grand Canal auf. Um 15 Uhr fanden sich alle am Ausgang des Schlosses ein.

Herr Bagutzki: „Frau Hotsch und ich haben einen Vorschlag für euch. Wir machen einen kurzen Abstecher zu einer Bäckerei, wo ihr euch mit Sandwiches und Getränken eindecken könnt. Gestärkt fahren wir dann zurück nach Paris. Dort könnten wir dann vor dem Abendessen noch einen kurzen Abstecher ins Musée d'Orsay machen."

Matti: „Um ihren Eisbären anzugucken?"

Herr Bagutzki: „Unter anderem. Ich werde ihm auf jeden Fall einen Besuch abstatten. Aber ihr findet dort auch viele sehr bekannte Werke aus dem Impressionismus und dem Expressionismus. Das hattet ihr doch gerade auch bei Frau Meyer, oder?"

Eline: „Na ja, in Design hatten wir eher die Gestaltung von Möbeln."

Herr Bagutzki: „Ah, da werdet ihr dann aber auch fündig. Dort ist ein großer Bereich mit Jugendstil-Möbeln."

Eriona: „Haben wir dann irgendwann auch noch Zeit zu shoppen?"

Isabel: „Da wären Emmi, Lilli, Neele und ich auch dabei."

Hark: „Also wir hätten auch nichts dagegen, mal in den einen oder anderen Laden zu schauen."

Frau Hotsch: „Keine Sorge. Das haben wir dann für morgen vorgesehen."

Herr Bagutzki: „Ok, stimmen wir ab. Wer findet unseren Vorschlag gut?"

Die Mehrheit sprach sich dafür aus. Mika, Max, Florian, Philipp und Klaas enthielten sich. Sie wären auch einfach mal einen Nachmittag im Hotel geblieben, um zu chillen. Die Stärkung durch die Sandwiches besänftigte sie aber. Gesättigt brachen sie auf und fanden sich gegen 17 Uhr vor dem Musée d'Orsay ein. Wo sonst Massen von Menschen durch Leitbänder geordnet werden mussten, waren nur noch wenige Touristen unterwegs. Die Kontrolleure am Eingang waren dementsprechend sehr entspannt. Sie ließen sie nach einem kurzen Blick auf eine Klassenliste passieren. Die Lehrer führten die Schülergruppe zunächst zum Eisbären und dort durfte auch ein Klassenfoto nicht fehlen.

Herr Bagutzki hielt den Moment fest. Er selbst

hatte schon genug Selfies mit dem Eisbären.

Danach ging es hoch ins Dachgeschoss,

zur Sammlung mit den Impressionisten und Expressionisten. Eines der berühmten Uhrenfenster ließ die Schüler kurz verweilen.

Im Dachgeschoss hatten sie wieder die Möglichkeit, sich frei zu bewegen. Während ein Großteil mit den Lehrern bei den Werken von Monet blieb, zog es Linus, David, Isabel, Emmi, Lilli und

Neele in die Räume mit den Gemälden von Van Gogh. Linus war ein entsprechender Hinweis auf dem Weg nach oben aufgefallen. La nuit étoilée ließ

ihn wieder an den Mond und ihr eigentliches Abenteuer denken. Vielleicht war ja hier ein Hinweis zu finden. Neben dem berühmten Bild aus der Anstalt in Arles, in der Van Gogh untergebracht war, den Sonnenblumen und diversen Landschaftsgemälden standen sie nun mit anderen Besuchern vor dem beworbenen Ausstellungsstück.

„Das ist es. Das ist die Lösung," rief Linus plötzlich aus. Seine Freunde guckten ihn etwas verdutzt an. Eine Asiatin, die direkt neben ihm stand, war aufgeschreckt ein Stück zur Seite gesprungen und beäugte ihn argwöhnisch.

Neele: „Häh, wie, das ist die Lösung?"

Linus: „Guckt euch das Bild an. Fällt euch nichts auf?"

David: „Es ist ein schönes Bild und durch das gedämpfte Licht kommt es einem so vor, als wäre es schon dunkel und man würde durch ein Fenster sehen, aber sonst?"

Lilli: „Ich raffe es auch gerade nicht."

Isabel: „Ich mag die Farben. Der Mond strahlt irgendwie eine gewisse Wärme aus, fast wie... Aah. Ich glaube, jetzt habe ich es verstanden."

Emmi: „Stop, Moment. Isabel hat die Lösung und wir stehen auf dem Schlauch?"

Neele: „Bin da ganz bei dir. Das kann eigentlich nicht sein!"

Isabel und Linus grinsten und ließen ihre Freunde noch zappeln. So sehr sie auch darum baten, sie verwiesen zunächst darauf, sich das Gemälde genauer anzuschauen.

Linus: „Guckt euch das Werk an und habt dann den Anfang der Sage im Ohr: Ist Ra dem Gott Thot gleich..."

Eine automatische Stimme aus den Lautsprechern meldet sich: „Meine Damen und Herren, das Museum schließt in 15 Minuten. Bitte begeben Sie sich in Richtung Ausgang. Wir beginnen mit dem Schließen der Räume im Obergeschoss. Vielen Dank für Ihr Verständnis. Auf Wiedersehen."

Die Freunde verließen die Gemäldegalerie über die Rolltreppen. Als die Gruppe wieder vollständig war, brachen alle zur Métro auf. Dabei mussten sie die Seine über die Passerelle Léopold-Sédar-Senghor überqueren und steuerten dabei auf den Jardin des Tuileries zu. Einige der Schüler entschieden sich für den oberen Teil mit den Holzplanken. Clemens, Klaas, Philipp und Linus entschieden sich für den unteren Bogen und liefen über die Treppen zum anderen Seine-Ufer. Isabel und Neele verstanden diese Aktion als Wettstreit und rannten über den oberen Teil bis zum anderen Ende der Brücke. Letztlich kamen alle zeitgleich an, etwas außer Atem, aber vergnügt und gratulierten sich gegenseitig zum Unentschieden. Die Lehrer ließen sie gewähren. Eriona, Matti und Eline kamen als letzte auf der anderen Seite an. Sie hatten gleich zu Beginn der Brücke die Sportler, die meist oberkörperfrei trainierten, erspäht und schauten sich das Schauspiel eine gewisse Zeit an. Zusammen ging es dann weiter durch den Tuileriengarten auf dem breiten Mittelweg in Richtung Louvre. Vor dem letzten Bassin vor dem Aufgang zum Arc de Triomphe du Carrousel bot sich ihnen ein besonderes Schauspiel. Die langsam untergehende Sonne und zeitgleich auch der bereits sichtbare Mond spiegelten sich auf der Wasseroberfläche. Die Schüler und Lehrer entschieden kurzerhand, diesen Augenblick noch ein wenig zu genießen und schnappten sich jeder einen der grünen Liegestühle, die in den

Tuilerien kostenlos zur Verfügung standen und ließen die Szenerie auf sich wirken.

Emmi, Lilli, David und Neele guckten sich gegenseitig an und fingen an zu grinsen. Nun hatten sie es auch verstanden.

„Na endlich," rief Linus.

„Ihr hattet echt eine lange Leitung," fügte Isabel tadelnd hinzu.

Lilli: „Zu unserer Verteidigung: In den paar Tagen prasselten so viele schöne Eindrücke auf uns ein. Das muss man erst einmal verarbeiten."

„Das ist Paris, meine Damen und Herren," mischte sich Herr Bagutzki ein und fuhr fort: „eine Stadt voller schöner Momente und Impressionen. Eine Stadt mit Geschichte, die jeden Tag ein neues Kapitel hinzufügt und das nie, ohne ihr historisches Erbe zu vergessen."

Frau Hotsch: „Schön gesagt, aber nun müssen wir weiter ins Hotel."

Florian: „Das haben Sie jetzt sehr schön gesagt. Ich habe nämlich langsam Hunger!"

Alle fingen an zu lachen und fröhlich machten sie sich auf den Weg zum Eingang der Station „Palais Royal Musée du Louvre" der Métrolinie 1, die sie direkt zum Hotel transportierte.

Kapitel 6 - Die Sonne und der Mond

Nach dem Abendessen zogen sich einige Schüler auf ihre Zimmer zurück, um sich auszuruhen. Clemens wurde wieder mit der schönen Unbekannten im Foyer des Hotels gesichtet. Linus, David, Emmi, Lilli, Isabel und Neele trafen sich im Loungebereich des Hotels und machten es sich auf den Kissen der Sitzecke gemütlich. Sie sprachen mit gedämpften Stimmen und schauten sich in regelmäßigen Abständen um, damit sie sich vergewissern konnten, dass sie auch nicht belauscht wurden.

Neele: „Nun, wir alle haben jetzt verstanden, dass sich bei Vollmond die Sonne und der Mond gleichen und darauf spielt doch die Sage des Papyrus an oder bin ich da auf dem Holzweg?"

Linus: „Nein, genauso sehe ich das auch."

Lilli: „Ok, und der Mond steht für Thot und die Sonne für Ra."

Emmi: „Ja gut, aber nun haben wir noch Chepre. Der fuhr was noch einmal?"

David: „Der fuhr die Sonnenbarke des Ra."

Isabel: „Cherper, hört sich an wie Schäfer. Vielleicht müssen wir nach einem Schäfer Ausschau halten. Es gibt hier doch bestimmt einen Zoo mit Schafen. Oh ja, wie süß, die kleinen Lämmchen, die nur darauf warten, gestreichelt zu werden. Hach, ich bin sofort mit dabei und recherchiere nach dem nächsten Zoo."

Neele: „Isabel, Chepre, Che-pre! Nicht Cherper oder Schäfer!!! Und gleich geht die Fantasie mit dir durch!"

Isabel: „Ach menno, ich möchte doch nur kleine Schäfchen streicheln."

Die Lehrer kamen auf sie zu.

Herr Bagutzki: „Ihr könnt jetzt Schäfchen zählen gehen. Es ist 22 Uhr und Zeit fürs Bett. Morgen steht wieder einiges auf dem Programm."

Isabel: „Auch Shopping?"

Frau Hotsch: „Auch dafür ist Zeit vorgesehen. Das setzt aber voraus, dass ihr jetzt schnell schlafen geht. Nicht, dass ihr die besten Schnäppchen verschlaft."

Emmi: „Das wäre misslich. Neue Klamotten sind nie falsch."

Neele: „Joa, ich könnte neue Turnschuhe gebrauchen. Eine Joggingrunde werden meine noch schaffen, aber dann wird es Zeit für etwas neues."

Herr Bagutzki: „Wie gut, dass alle Grands Magasins gerade *Soldes* haben und dann auch noch die *dernière démarque* angekündigt haben."

Isabel: „*Dernière* heißt doch *letzte* oder? Hm, und was soll dann démarque sein?"

Frau Hotsch: „Sozusagen die letzte Reduktionsstufe. Da sind dann bis zu 70% für euch drin."

Isabel strahlte: „Ich kann es kaum noch erwarten. Wie gut, dass ich die Kreditkarte von meinem Vater mitgenommen habe. Catching."

Neele: „Na, pass auf, dass es dann nicht am Ende heißt: Limit erreicht, Karte gesperrt."

Isabel: „Du wirst da sicher ein wenig auf mich achten, oder?"

Neele: „Wenn du mir bei der Suche nach neuen Turnschuhen hilfst, kein Ding."

Isabel: „Gebongt."

Herr Bagutzki: „Nun aber ab auf eure Zimmer!"

Linus und David blieben noch ein bisschen hinter den anderen, die pflichtbewusst dem Aufruf der Lehrer folgten und zum Fahrstuhl Richtung Hotelzimmer strömten.

Linus: „Auch wenn die Schlussfolgerung mit den Schäfchen Quatsch war, hat Isabel dennoch in einer Sache recht: diese Sage muss ja mit einem Ort in Paris verknüpft sein."

David: „Das stimmt, vielleicht sollten wir uns erst einmal auf den Vollmond konzentrieren und herausfinden, wann der das nächste Mal stattfindet."

Er tippte die Worte entsprechend bei Google ein.

„Krass, der nächste Vollmond findet morgen statt."

Linus: „Dann gilt es, keine Zeit zu verlieren. Wir können ja noch ein bisschen auf dem Zimmer recherchieren. Vor allem ist jetzt ja noch Chepre als Mysterium offen."

Sie stiegen in den Fahrstuhl, fuhren in ihr Stockwerk und klopften an die Zimmertür. Hark öffnete ihnen. Clemens war noch nicht da. Linus und David setzten sich auf ihre Betten und machten sich an die Recherche zu Chepre. Plötzlich klopfte es erneut an der Tür. Als sie öffneten, stand dort Clemens mit hochrotem Kopf. Dahinter folgten Herr Bagutzki, Frau Hotsch und ein Mann, den sie nicht kannten.

Frau Hotsch: „Jungs, ihr müsst besser auf euren Kumpel achten und dafür sorgen, dass er wie ihr die von uns aufgestellten Regeln befolgt."

Hark: „Was hat Clemens denn gemacht?"

Der dritte Mann, der sich als der Lehrer von der Schülergruppe aus Bremen entpuppte, ergriff das Wort.

„Wie eure Lehrer haben auch wir unseren Schülerinnen und Schülern gesagt, dass sie ab 22 Uhr auf ihren Zimmern zu sein und sich bettfertig zu machen haben."

Herr Bagutzki: „Und leider mussten Frau Hotsch und ich erfahren, dass sich ein gewisser Jemand im Chaos seiner Gefühle nicht so recht daran halten konnte."

Frau Hotsch: „Ich glaube, es war peinlich genug, gerade von den Lehrern beim intensiven Austausch von Speichel erwischt zu werden." Sie wand sich direkt an Clemens. „Wir werden dich jetzt nicht noch einmal nach 22 Uhr auf fremden Zimmern auffinden. Ist das klar?"

„Glasklar, entschuldigen Sie.", sagte Clemens kleinlaut und immer noch mit hochrotem Kopf.

Herr Bagutzki: „Gut, dann können wir ja nun alle schlafen gehen. Gute Nacht."

Die Lehrer schlossen die Tür.

Hark: „Alter, Clemens, Glückwunsch. Das ging ja schnell."

Clemens (verträumt): „Leute, ihr könnt es euch nicht vorstellen. Sie ist wie Zucker. Einfach sweet. Und wir hatten extra dafür gesorgt, dass wir ein bisschen allein sein konnten auf ihrem Zimmer und haben ihre Freundinnen ausgelagert und dann stehen da plötzlich die Lehrer und erwischen uns in flagranti. Mega peinlich!"

David: „Cringe. Du bist ja voll im Liebestaumel. Da kann so etwas mal passieren. Da schaltet sich der Verstand aus."

Linus: „Wie heißt sie denn eigentlich, deine sweete Lady?"

Clemens: „Lene, hach, meine Lene."

Hark: „Na, das klingt ja fast wie Leni. Das passt doch."

Clemens: „Wer braucht schon Leni, wenn ich Lene habe."

Linus: „Hört, hört und das aus deinem Mund."

Clemens: „Männer, ihr müsst mir helfen. Lene hat morgen parallel mit uns Freizeit. Ich muss sie wiedersehen. Ich dachte an ein romantisches Picknick im Park oder ein Eis und einen Spaziergang. Könnt ihr mich decken?"

David: „Deinem Liebesglück wollen wir nicht im Wege stehen."

Hark und Linus nickten zustimmend. Clemens strahlte.

Clemens: „Ihr seid die Besten. Danke, Leute, ich..." Sein Handy vibrierte. „Oh, eine Sprachnachricht von Lene. Entschuldigt mich."

Die anderen grinsten und machten sich bettfertig. Sie machten schon einmal das Licht im Zimmer aus. Allerdings konnte man sich quasi wie vorher, ohne irgendwo versehentlich gegen zu stoßen bewegen, da alle auf ihren beleuchteten Tablet- oder Smartphonebildschirm starrten. Stück für Stück erlosch einer nach dem anderen und ihnen fielen die Augen zu.

Kapitel 7 - Das Phantom der Oper

Dieser Tag versprach wieder ein sonniger zu werden. Schon auf dem Weg zu ihrem heutigen Ziel zeigte die Temperaturanzeige 24 Grad im Schatten. Die Sonne lachte und die Strahlen trafen auf das goldene Dach der Opéra Garnier, wodurch diese noch schöner erschien. Gerade hatte die Gruppe die Métrostation, deren Stufen genau vor der Oper mündeten, verlassen. Sofort wurden die Smartphones gezückt und für diverse Selfies posiert. Andere genossen schlicht den Anblick und gaben sich Tagträumen hin. Herrn Bagutzkis Stimme holte sie in die Realität zurück:

„Meine Damen und Herren, Sie stehen vor einer der bedeutendsten Opernbauten des 19. Jahrhunderts. Sowohl architektonisch als auch technisch setzte dieser Bau Maßstäbe. Wer als Balletttänzerin oder Balletttänzer Weltruhm erlangen möchte, absolviert auch noch heute seine Ausbildung an der Opéra Garnier. Gleichzeitig diente ein mysteriöser Todesfall während der Bauzeit als Grundlage für eine bestimmte Oper, die ihr sicherlich kennt."

„Oper? Nee, keine Ahnung", sagte Klaas.

„Das Phantom der Oper?", fragte Alina.

„Sehr gut, dass ist die richtige Antwort. Nun wird es Zeit, uns am Seiteneingang anzustellen. Unsere Führung beginnt in einer halben Stunde." sagte Herr Bagutzki und ging voran. Je näher sie dem Eingang kamen, desto lauter wurde es. Eine asiatische Reisegruppe war vor ihnen und unterhielt sich angeregt oder einfach nur normal? So genau konnte das keiner von ihnen sagen, da niemand chinesisch sprach bzw. verstehen konnte. Als sie jedoch Herrn Bagutzki sahen, gab es kein Halten mehr: Alle wollte ein Selfie mit solch einem großen Mann machen. Mit seinen 2,03m überragte er sie alle. i-Pads, iPhones und GoPros wurden gezückt und einer nach dem anderen stellte sich neben ihn.

Nach dem 15. Bild sprach Herr Bagutzki ein Machtwort und machte den Asiaten klar, dass es keine weiteren Bilder mehr geben würde. Sie bedankten sich mehrfach und zogen von dannen. Gleich danach waren sie am Einlass an der Reihe und zeigten ihre Karten. Sie wurde angewiesen, in der Rotonde, der runden Eingangshalle, die vor dem eigentlichen Treppenhaus lag, zu warten.

Klaas: „Na, wir haben ja einen Star unter uns, wie es mir scheint."

Herr Bagutzki: „Hör mir bloß auf, nach dieser Erfahrung möchte ich niemals berühmt sein, so ein Stress!"

Isabel: „Dafür haben Sie aber tapfer durchgehalten und stets gelächelt. Man hat Ihnen das Genervtsein erst angesehen, als sie es laut ausgesprochen haben."

Neele: „Sie haben ein gutes Pokerface."

Frau Hotsch: „Nun geben wir Herrn Bagutzki mal etwas Ruhe und freuen uns auf die Führung."

Eline: „Can I take a selfie with you."

Herr Bagutzki warf ihr einen vernichtenden Blick zu.

Eline: „Schon gut, schlechter Scherz. Bleiben Sie ruhig."

Die Führung begann. Als die Gruppe in das majestätische Treppenhaus mit seinen Balkonen und großen Spiegeln trat, ging ein Raunen durch die Gruppe. Viele zeigten sich sehr beeindruckt. Sie lernten, dass ein Opernbesuch zur Zeit des Erbauers zwar einerseits der Unterhaltung der besseren Gesellschaft diente, aber vorrangig das Ziel hatte, dass die Damen der Gesellschaft ihre neuesten Kleider präsentieren konnten. Die vielen Spiegel dienten dazu, einen letzten Blick zu riskieren und mögliche Fauxpas auszumerzen, bevor man die breiten Treppen hinaufschritt und den Menschen auf den Balkonen zulächelte. Nach dem großen Ballsaal betraten sie den Vorführungsraum mit der leicht angeschrägten Bühne. Sie ließen den Blick schweifen und erblickten das Deckengemälde von Chagall. Das ursprüngliche Bild war durch einen Brand beschädigt worden, war aber immer noch vorhanden. Das Werk von Chagall war auf einer abgehängten Decke gemalt worden. Der Guide lenkte ihren Blick auf die Logen, die ebenfalls für die feine Gesellschaft so konzipiert worden waren, dass sie gesehen werden konnten. Sehen und gesehen werden wurde hier real verdeutlicht.

Linus: „Wo ist denn diese geheimnisumwobene Loge des Phantoms?"

Guide: „Ah, die Frage, die euch am brennendsten interessiert, oder? Schau, dort oben ist sie, die Loge Nr. 5."

Neele: „Können wir die von innen sehen?"

Guide: „Nein, außer, dich soll der Fluch des Phantoms treffen. Das wollen wir lieber nicht heraufbeschwören. Wir gehen aber gleich dort hinauf und schauen uns eine andere Loge von innen an. Da kannst du am Ende der Führung einen Blick ins Innere der Loge wagen."

Sie lernten beim Hinaufgehen, dass die Geschichte um das Phantom auf einem wahren Schicksal beruhte. Die Oper wurde auf sumpfigem Untergrund errichtet, was den Architekten dazu zwang, ein sogenanntes Ausgleichsbecken zu schaffen. Auch heute muss dieses regelmäßig abgepumpt werden. Beim Bau eben dieses Beckens, im Roman von Leroux als See beschrieben, starb ein Arbeiter, der fortan als Phantom durch die Oper geistern soll. Nachdem alle einen Blick in die Loge werfen konnten, verabschiedete sich der Guide von ihnen. Alle bekamen nun noch 20 Minuten Zeit, sich das Gebäude erneut genauer anzuschauen. Während ein Großteil in Richtung des Treppenhauses für Selfies verschwand und andere den Museumsshop ansteuerten, zog es die Gruppe um Linus noch einmal zurück zur Loge Nr. 5.

David: „Habt ihr beim Reinschauen auch eine Bewegung wahrgenommen?"

Neele: „Ja, da huschte so ein Schatten vorbei."

Isabel: „Uuh, wir bekommen ein Foto mit dem Phantom. Wie cool."

Linus: „Oder es ist einfach eine Lichtinstallation, die diesen Effekt erzeugt."

Isabel: „Spielverderber."

Ngoc Ahn: „Ich bin da auf Isabels Seite. Ich möchte auch ein Selfie mit dem Phantom."

Inga: „Ich auch!"

Als sie sich der Loge näherten, drangen Geräusche zu ihnen. Zudem war die Tür nur noch angelehnt.

Neele: „Was, nein, wie krass. Ach, bestimmt nur der Hausmeister!"

Linus: „Wir sollten auch noch einmal über das Rätsel nachdenken. Das sollte eher unser Ziel sein!"

Isabel: „Ach, das kann warten. Erst einmal bekomme ich jetzt ein Selfie mit dem Phantom!"

Sie rannte vorweg und öffnete die Tür der Loge und trat ins Dunkle.

Isabel: „Huhu, Phantom, ich möchte nur ein Self. AAAAH. Nein! Stop! Lassen Sie mich los! Hilfe, Hilfeeee!"

Die Freunde rannten ebenfalls zur Loge, aber als sie sie betraten, konnten sie nur noch zuschauen, wie die ihnen schon bekannte dunkle Gestalt Isabel fest im Griff hatte und sich an einem Seil zur anderen Seite schwang. Isabel schrie weiterhin um Hilfe, aber der Mann hielt ihr nun den Mund zu, so dass es niemand mehr hören konnte. Auf der anderen Seite angekommen, rannte der vermummte Mann los und zog Isabell hinter sich her. Linus, David und Neele stürmten los und Ngoc Ahn und Inga versuchten hinter ihnen herzulaufen. Als sie an der Stelle, wo beide gelandet waren, angekommen waren, fanden sie logischerweise niemanden mehr vor. Die Tür des angrenzenden Notausganges stand offen, wodurch nun im gesamten Gebäude der Alarm ausgelöst worden war. Als sie die Tür nach draußen erreichten, verschwand ein dunkler PKW mit quietschenden Reifen gerade in Richtung Seine. Sie kamen zu spät.

Linus: „So eine Scheiße!"

Neele: „Das kannst du laut sagen.“

David: „Was machen wir denn jetzt?“

Ngoc Anh und Inga kamen keuchend angelaufen.

Ngoc Anh: „Hey Leute, wir... Moment, ich muss kurz durchatmen.“

Inga: „Dann mache ich weiter, wir haben Isabels Handy gefunden. Nun mit der Spiderapp versehen. Und einen Zettel. Hier.“

David: „Wir müssen es den Lehrern sagen!“

Ich habe dich gewarnt, aber du wolltest nicht hören. Ihr macht jetzt genau, was ich euch sage. Ich melde mich per SMS. Keine Polizei, sonst werdet ihr eure Freundin nicht wiedersehen!

Linus: „Aber dann bringen wir Isabel in Gefahr.“

Neele: „Halloo, Erde an Linus? Wie sollen wir das ohne dass ihnen ihre Abwesenheit auffällt, machen? Außerdem steht dort nur „Keine Polizei!“. Von Lehrern ist nicht die Rede.“

Inga: „Das ist zu groß für uns geworden. Wir brauchen Hilfe!“

Ngoc Anh: „Das sehe ich auch so.“

In diesem Moment kam Frau Hotsch um die Ecke.

Frau Hotsch: „Da seid ihr ja, wir haben uns schon Sorgen gemacht. Gut, dass ihr da seid, dann sind wir ja komplett. Moment,… wo ist Isabel?"

Linus: „Wir müssen Ihnen etwas sagen. Das dauert aber ein wenig. Können wir uns vielleicht in ein Café setzen oder so? Wir brauchen Sie beide. Isabel,… Isabel ist entführt worden."

Frau Hotsch: „Was, entführt, wieso? Wir rufen die Polizei!"

David: „NEIN, auf keinen Fall die Polizei."

Frau Hotsch: „Habt ihr den Verstand verloren?"

Linus: „Hier, lesen Sie!" Er gab ihr den Zettel. Sie begann mit ernster Miene zu lesen und wurde mit jedem Satz bleicher.

Frau Hotsch: „Was habt ihr angestellt? Wovon redet derjenige, der den Zettel geschrieben hat? Wann hat er dich gewarnt?"

Neele: „Bitte, lassen Sie es uns in Ruhe erklären."

Frau Hotsch: „Wir gehen jetzt erst einmal zu Herrn Bagutzki. Ihr solltet jetzt sowieso Freizeit in den Galeries Lafayette bekommen."

Inga: „Die anderen dürfen aber nichts mitbekommen. Sonst bringen wir Isabel in Gefahr."

Auf Herrn Bagutzkis Gesicht spielte sich ein wahres Emotionsfeuerwerk ab: Sprachlos, wütend und besorgt wechselten sich ab. Frau Hotsch hatte ihn beiseite genommen und ihm die Kurzform ins Ohr geflüstert. Als er zur Schülergruppe ging, wechselte das Gesicht wieder zu einem Pokerface. Bewusst gelassen, informierte er die Mitschüler, dass sie nun alle gemeinsam zu einem der größten und schönsten Konsumtempel, den Galeries Lafayette, gehen würden, was auch für die Nicht-Shopping-Begeisterten architektonisch und kulinarisch einiges zu bieten hatte. Zudem böte die Dachterrasse einen unvergesslichen Blick über die Stadt. Vor den Eingangstüren des Einkaufszentrums angekommen, zogen die Schülerinnen und Schüler in Kleingruppen von dannen. Als nur noch die Lehrer, Neele, Ngoc Anh, Inga, David und Linus übrig waren, kam der Zorn in Herrn Bagutzkis Gesicht zurück.

Herr Bagutzki: „Wie konntet ihr uns das alles verschweigen? Seid ihr euch eigentlich ansatzweise im Klaren darüber, was ihr angerichtet habt?! Wir fahren jetzt in die oberste Etage, dort gibt es einen Bereich mit Cafés und Restaurants. Dort erzählt ihr mir die ganze Geschichte und wehe, ihr lasst eine Sache aus."

Still ging es ins Einkaufszentrum, für dessen Schönheit keiner von ihnen zur Zeit etwas übrig hatte. Die imposante Kuppel aus Tiffany-Glas ließ die teuren Luxusprodukte in den schönsten Farben erstrahlen. Sie nahmen die Rolltreppen und kamen endlich in der Gourmetetage an. Als sie alle einen Platz gefunden hatten, begann Linus mit der Erzählung. Dreißig Minuten später bestellte Herr Bagutzki für alle einen Kakao. Für Frau Hotsch und sich hätte er am liebsten einen Schnaps geholt, aber es lief letztlich auf einen doppelten Espresso hinaus. Nach einer gefühlt endlosen Pause des Nichtssagens durchbrach er die Stille.

Herr Bagutzki: „Wenn das alles nicht in dieser Katastrophe geendet wäre, ist das wirklich eine gute Story für einen Krimi! Aber sprechen wir nicht von einer Katastrophe! Wir müssen Isabel finden. Das ist nun die Devise!"

Frau Hotsch: „Aber was können wir tun? Noch einmal zurück in die Oper und nach Spuren suchen?"

Neele: „Das bringt nichts, denke ich. Wir müssen auf die SMS warten."

In diesem Moment klingelte Ingas Telefon. Eine SMS erschien auf dem Startbildschirm. Inga legte es auf den Tisch vor ihnen und öffnete sie. Alle sammelten sich um sie und starrten auf das kleine Display:

Deine Freundin ist ganz schön taff. Hat mir doch glatt in die Hand gebissen, aber nun ist sie ruhig gestellt. Wir wissen beide, was ich will: Ich will die Skarabäen. Ich weiß, dass du zwei von ihnen hast. Aber das ist nicht alles. Das Papyrus, was du mir gestohlen hast, war nur die erste Seite. Die zweite enthält ein weiteres Rätsel, löse es und du weißt, wo du deine Freundin treffen kannst. Du hast Zeit bis Mitternacht. Dann steht der Vollmond schön hell am Himmel. Keine Polizei. Deine Freunde können ruhig zuschauen. Tik tak. Deine Zeit läuft...

Herr Bagutzki: „So ein Mistkerl! Wir müssen ihm das Handwerk legen!"

Frau Hotsch: „Definitiv, aber zur Zeit hält er alle Trümpfe in der Hand."

Eine weitere Nachricht erschien. Es war ein Foto von einem Papyrus. Es folgte noch eine weitere Nachricht. Der Entführer ergänzte süffisant, dass er es Linus nicht zu schwer machen wolle und schon einmal die Übersetzung beigefügt habe. Schließlich würde seine Zeit ja schon laufen.

Kapitel 8 - Das zweite Rätsel

Ra sandte mich vom Himmel, um den ruhmreichen Taten eines der bedeutendsten Pharaonen Ägyptens zu huldigen.

Luxor war mein Zuhause. Meinen Bruder ließ ich dort.

Heute findet man mich zwischen zwei Lebensadern.

Zugleich stehe ich in einer Linie mit einem gläsernen Grab.

Neele: „Was soll das bedeuten?"

Herr Bagutzki: „Wir sollten erneut in den Louvre gehen. In der ägyptischen Abteilung finden wir vielleicht die Antwort."

Frau Hotsch: „Wir sollten uns aufteilen. Ich nehme einen Teil der Gruppe und gehe vielleicht zu den Champs-Elysées und du fährst mit Neele, Inga, Ngoc Anh, David und Linus zum Louvre. Es ist jetzt 14 Uhr. Geben wir uns 4 Stunden und treffen uns zum Essen im Hotel wieder. Dann bleibt hoffentlich genug Zeit, die Puzzleteile zusammenzusetzen."

Herr Bagutzki: „Das klingt nach einem guten Plan. Los geht's! Sollten wir Einfälle haben, verständigen wir uns übers Handy."

Sie brachen auf. Als sie die Galeries Lafayette verließen, steuerten sie auf den ersten Métroschacht zu und die Linie 7 brachte sie direkt zum Louvre. Sie verließen die Station und gingen auf den *Passage de Richelieu* zu. Herr Bagutzki zückte seine *Carte clef*+ und sie durften anstandslos passieren. All dies beeindruckte sie jedoch nur wenig, sie hatten nur eine Sache im Kopf, Isabel zu retten. Sie nahmen den Aufgang mit dem Banner des ägyptischen Schreibers und gingen in die Ausstellungsräume. Sie blieben vor der Sphinx von Tigris stehen und betrachteten die Informationen und die Statue. Es ergab sich kein Hinweis, der sie hätte weiterbringen können.

Herr Bagutzki: „Das wäre auch zu einfach gewesen, wenn sich gleich zu Beginn eine Lösung präsentiert hätte. Teilen wir uns auf: David und Inga, ihr nehmt die Abteilung im Keller, „Das Reich der Toten", Linus, Neele und Ngoc Ahn, ihr nehmt die Abteilung mit den Sarkophagen. Ich werde die Räume mit den Statuen und Grabbeigaben aufsuchen. Schaut jeden Stein, jede Inschrift und jede Beschreibung genau an oder besser, lest sie nur quer. So viel Zeit haben wir nicht mehr. Wir treffen uns in einer Stunde wieder hier. Es ist jetzt 14:30 Uhr, also um 15:30 Uhr. Inga, schicke allen noch einmal das Rätsel."

Inga: „Ich habe eben eine WhatsApp-Gruppe erstellt. Es sollten jetzt alle versorgt sein."

Herr Bagutzki: „Sehr gut. Los geht's!"

Sie liefen los. Sie passierten Vitrine für Vitrine und lasen jede Informationstafel.

David und Inga gingen die Treppen hinab ins Kellergeschoss. Sie passierten Osiris-Statuen und auch die Göttin Isis, die Frau von Osiris, war dabei. Sie schien ihnen zuzulächeln und ihre schützenden Flügel über sie legen zu wollen. Sie liefen geradewegs auf einen riesigen Sarkophag zu. Er war so hoch, das selbst Herr Bagutzki nicht hätte hineinschauen können. Sie scannten die Hieroglyphen in der Hoffnung, etwas von dem Papyrus wiederzuerkennen, aber leider schien auch diese Spur eine Sackgasse zu sein.

Inga: „Ach man, das darf doch alles nicht wahr sein."

David: „Komm weiter, die Größe sah schon einmal bedeutend aus, leider wohl nicht bedeutend genug. Lass uns mal da vorne nachschauen, das sieht nach einem Deckengemälde aus. Vielleicht finden wir dort etwas heraus."

Sie betrachteten die Steinplatte, die an der Decke einer kleinen Kammer angebracht war. Sie lernten, dass die Ägypter glaubten, dass die Sonne jeden Abend die so genannte Duat (Unterwelt) durchlaufen musste, um am nächsten Morgen wieder aufgehen zu können.

Inga: „Ok, also Ra macht da schon etwas mit. Jeden Abend mit dunklen Wesen kämpfen."

David: „Bisher scheint er das ja immer wieder geschafft zu haben. Die Sonne geht ja bis heute verlässlich jeden Morgen auf. Guck mal hier, die Toten müssen diesen Weg einmal durchlaufen und sich einer Prüfung stellen. Dann dürfen sie ins Jenseits. Und schau mal! Hier steht: der Pharao Ramses II war einer der bedeutendsten Pharaonen des alten Reichs. Er wurde 93 Jahre alt und hinterließ viele steinerne Denkmäler, z.B. Paläste und Tempel."

Inga: „Wow, 93 Jahre? Für die damalige Zeit ja quasi, als wenn heute jemand 120 Jahre alt wird. Ok, ich schreibe den anderen, dass Ramses II unser Mann ist, vielleicht kommen sie damit ja weiter?"

Sie tippte die Nachricht ein und schickte sie ab.

Währenddessen gingen Neele, Ngoc Anh und Linus durch den Bereich, in dem sie den Skarabäus in der Statue gefunden hatten. Der Wachmann erinnerte sich an sie.

Wachmann: „Na, konntet ihr noch nicht genug Selfies bekommen oder hat euch das Ägyptenfieber gepackt?"

Linus: „In gewisser Weise trifft das zu, ja. Vielleicht können Sie uns ja weiterhelfen. Ist Ramses II der bedeutendste Pharao?"

Wachmann: „Ja, das kann man definitiv so sagen."

Neele: „Gibt es hier Ausstellungsstücke von ihm zu sehen?"

Der Wachmann lachte.

Wachmann: „Wie viel Zeit habt ihr? Es gibt weit über 200 Statuetten, Schmuckstücke, aber auch Kopien von Stelen, zum Beispiel."

Ngoc Anh: „Oh Mist, das kommt uns sehr ungelegen. Haben Sie einen Tipp, was man sich unbedingt anschauen sollte?"

Wachmann: „Ich würde euch den Schmuck empfehlen, der ist fast zeitlos. So einen Ring oder eine Brosche könnte man heute auch auf dem Place Vendôme bei Bulgari erwerben."

Linus: „Das klingt sehr cool. Ist da auch irgendetwas dabei, was mit dem Sonnengott Ra in Verbindung gebracht werden kann?"

Wachmann: „Lasst mich nachdenken, erst einmal Hut ab, wie gut informiert ihr seid. Den Sonnengott würde ich eher schwerpunktmäßig in der Armarna-Zeit sehen. Da gibt es zwei ganze Säle im zweiten Stock mit Skulpturen und Artefakten aus der Zeit von Echnaton. Tutenchamun, seinen Sohn, habt ihr ja schon gefunden."

Neele: „Vielen Dank für Ihre Hilfe, das hat uns sehr geholfen. Wir werden dann mal weiter."

Wachmann: „Noch viele tolle Eindrücke und kommt ruhig noch einmal mit mehr Zeit wieder. Ihr wirkt sehr abgehetzt."

Ngoc Anh: „Wenn Sie wüssten."

Wachmann: „Nur denkt daran, nichts anfassen!"

Linus: „Wird gemacht. Ciao."

Und sie rannten weiter. Beim Gehen schrieben sie in die Gruppe und verwiesen auf das Erfahrene. Herr Bagutzki las die Nachricht und schaute sich um. Er war gerade genau im besagten Raum und die riesige Echnaton-Statue blickte auf ihn herab. Ihm erschien es fast so, als blickte sie etwas verächtlich drein. Er wischte diese Gedanken beiseite und schaute in die Vitrinen. Er fand eine Stele, auf der Echnaton mit Nofrete und seinen Kindern abgebildet war. Die Sonne schickte Strahlen mit Händen auf die Köpfe hinab. So, als wolle der Gott der Familie die Hand reichen. In der Armarna-Zeit brach Echnaton mit den vielen Göttern und erhob die Sonnenscheibe Aton zum alleinigen Gott. Der Monotheismus war geboren. Er schaute auf die Uhr. Es war 15:15 Uhr. Zeit, wieder zum Treffpunkt zurückzukehren. Im Vorbeigehen machte er noch ein paar Fotos von einigen Infotafeln und auch die Stele mit der Familie hielt er in einem Foto fest.

Als er bei der Sphinx ankam, waren alle anderen schon da. Sie schauten missmutig drein.

Herr Bagutzki: „Danke, dass ihr alle pünktlich wieder hier seid. Ich finde, wir haben Fortschritte gemacht. Da muss man nicht zu grimmig dreinschauen."

Linus: „Sie haben ja recht, aber wir konnten das Rätsel noch nicht lösen. Wir haben nur weitere Puzzleteile gefunden."

Herr Bagutzki: „Das stimmt. Aber wir sind eine Erkenntnis näher an der Lösung des Rätsels. Wir müssen positiv bleiben. Isabel zählt auf uns."

David: „Das stimmt und gelernt haben wir auch viel. Herr Fort wäre stolz auf uns."

Ein schriller Alarmton und eine automatische Durchsage unterbrach ihr Gespräch: „Meine Damen und Herren, bitte verlassen Sie das Museum auf dem schnellsten Weg. Wir danken Ihnen für Ihr Verständnis."

Neele: „Oh nein, was ist denn jetzt. Wir waren doch noch nicht fertig. Nein, das geht nicht!"

Herr Bagutzki: „Es hilft nichts. Den Rest müssen wir recherchieren. Wir müssen jetzt erst einmal hier raus."

Und in diesem Moment erschienen auch schon diverse Wachmänner, die ihnen den Weg wiesen. Eins musste man dem Museum lassen: Im Ernstfall reagierten sie schnell. Im Nu kamen aus allen Richtungen die Besucher herbeigeströmt. Einige wirkten verängstigt, andere wütend. Aber jegliche Versuche zu diskutieren, wurden systematisch abgeblockt.

Sie sahen nicht den dunklen Schatten, der böse grinsend eine rauchende Dose in seine Tasche steckte und in der Menge verschwand. Feuerwehrleute rannten ins Museum und in die Abteilung der ägyptischen Altertümer.

Kapitel 9 - In den Fängen des Entführers

Zur selben Zeit, in einer leerstehenden Wohnung in einer Nebenstraße von der Madeleine-Kirche. Nur wenig Tageslicht drang durch die verklebten Fenster ins Innere der Wohnung. Die Bauarbeiter hatten sie sorgsam abgeklebt, damit sie durch den Baustaub, der im Zuge der Renovierung der Räume anfiel, keinen Schaden nahmen. Isabel kam langsam wieder zu sich. Sie war noch sehr benebelt. Was war bloß geschehen? Sie versuchte sich zu erinnern. Langsam kamen die Erinnerungen wieder zurück. Sie wollte ein Selfie mit dem Phantom machen und dann hatte sie jemand gepackt und in ein Auto geschleppt. Sie hatte noch versucht, sich loszureißen und den Angreifer gebissen. Dann wurde ihr aber schwarz vor Augen. In ihrem Nacken schmerzte eine Stelle, sie wollte sie gerade abtasten, da merkte sie, dass sie gefesselt war.

In diesem Moment kam eine vermummte Gestalt durch eins der Fenster hinein. Aus seiner Tasche kam ein feiner Nebel.

Isabel: „Wo bin ich, wer sind Sie. Binden Sie mich sofort los!"

Entführer: „Das würde dir so passen. Nein, Schätzchen, du bist mein Garant dafür, dass deine Freunde mir die Skarabäen aushändigen. Unwissende Kinder! Ich habe euch gewarnt und ihr musstet weiter recherchieren. Ihr wolltet nicht hören und das hast du nun davon!"

Isabel: „Damit kommen Sie nicht durch! Meine Freunde werden Ihnen das Handwerk legen!"

Entführer: „Du dummes Ding. Wie aufgescheuchte Hühner sind deine sogenannten Retter gerade durch den Louvre gerannt. Die Lehrer haben sie auch eingeweiht. Sollen sie. Wenn sie die Polizei einschalten, bist du erledigt! Aber so dumm scheinen sie nicht zu sein."

Isabel: „Sie Arschloch!"

Sie versuchte, ihn zu treten, aber er hatte ihre Idee kommen sehen und war einen Schritt von ihr weggetreten. Laut und boshaft lachend betrachtete er sie. Isabel wurde mulmig zu Mute.

Isabel: „Bitte lassen Sie mich gehen. Was ist an diesen Skarabäen denn so besonders?!"

Entführer: „Das werde ich dir gerade auch noch erzählen. Vergiss es! Und nur damit du es weißt. Sie müssen nun ihren Grips anstrengen. Der Louvre musste wegen eines gemeldeten Feuers geräumt werden. Plötzlich war einfach Rauch dort und wie durch einen Zufall genau in der Abteilung, die ihnen weitergeholfen hätte." Ein diabolisches Lachen kam aus seinem Mund und er warf die noch leicht rauchende Flasche auf den Boden.

Entführer: „Wozu Rauchbomben doch gut sein können."

Isabel: „Damit kommen Sie nicht durch! HILFE, HILFE, ich werde festgehalten. HILFE!" Sie schrie so laut sie konnte.

Entführer: „Du dumme Nuss! Halt deinen Mund!"

Er kam wütend auf sie zu und knebelte sie. Das gelang ihm nicht auf Anhieb. Isabel wehrte sich nach Kräften und drehte sich immer wieder weg. Angst stieg in ihr auf. Sie versuchte wieder zu schreien, aber der Knebel verhinderte es. Plötzlich spürte sie einen Stich und ihr wurde wieder schwarz vor Augen. Bewusstlos sank sie zu Boden.

Entführer: „Wer nicht hören will, muss fühlen!"

Kapitel 10 - Ra sandte ihn vom Himmel

Um 17:30 Uhr traf die Gruppe mit Herrn Bagutzki wieder im Hotel ein. Frau Hotsch erwartete sie bereits im Foyer. Bis zum Abendessen war noch eine Stunde Zeit.

Frau Hotsch: „Seid ihr fündig geworden? Ich habe die anderen Schüler erst einmal auf die Zimmer geschickt. Einige wollten auch noch einmal zum Supermarkt, um sich Wasser und Snacks zu kaufen."

Herr Bagutzki: „Sehr gut. Leider wurden wir durch eine Evakuierung des Museums wegen des Verdachts auf einen Brand unterbrochen. So konnten wir nur herausfinden, dass Ramses II der bedeutendste Pharao war."

Neele: „Und die Zeit drängt."

Frau Hotsch: „Da besteht kein Zweifel. Jedoch hilft es häufig auch, einmal kurz die Gedanken aus dem Kopf zu werfen, durchzuatmen und sich dann erneut an das Rätsel zu wagen."

Herr Bagutzki: „Ein guter Vorschlag. Wir machen uns jetzt alle kurz auf dem Zimmer frisch. Dann bringen alle ihre iPads mit ins Foyer und wir recherchieren weiter."

Und so machten sie es.

Pünktlich um 17:45 Uhr fanden sich alle mit ihren elektronischen Geräten und dazugehörigen Ladekabeln bzw. Powerbanks wieder im Foyer ein. Frau Hotsch hatte für alle einen Kakao geordert. Die Süße, gepaart mit der leicht bitteren Note des Kakaos, war ein regelrechter Seelenwärmer. Nach den ersten Schlucken verschwand sichtbar die Anspannung auf den Gesichtern. Linus ergriff als erster das Wort.

Linus: „Also halten wir noch einmal fest: Ramses II war der bedeutendste Pharao des alten Ägypten. Ra verkörpert die Sonne und sendet Strahlen vom Himmel."

Neele: „Ok, Zeile eins des Rätsels gelöst und nun?"

Herr Bagutzki: „Wir sollten recherchieren, wo es in Paris Spuren vom alten Ägypten gibt."

David: „Wenn man das eingibt, wird auf die Pyramide im Parc Monceau verwiesen."

Ngoc Anh: „Da, wo wir Ingas Handy gefunden haben, oder?"

Inga: „Stopp, ich glaube, ich hab's, das gläserne Grab: ein Grab im alten Ägypten war doch eine Pyramide, oder?"

Herr Bagutzki: „Es gab auch Grabkammern, aber durch Beispiele wie die Cheops-Pyramide in Gizeh, kommt einem das direkt in den Sinn."

Inga: „So, und wo befindet sich eine gläserne Pyramide?!"

Erwartungsvoll guckte sie in die Runde. Sie verweilte einen Moment auf jedem Gesicht, bis bei allen langsam ein Lächeln erschien. Zusammen sprachen sie es laut aus. Die gläserne Pyramide vor dem Louvre. Das war es.

„Sehr gut, Inga", lobte Herr Bagutzki. Frau Hotschs Handy klingelte.

Frau Hotsch: „Oh, entschuldigt. Ich habe vergessen, den Ton wieder auszustellen. Oha, wie die Zeit vergeht. Es war eine Nachricht von Klaas. Er wollte noch einmal sichergehen, ob das Essen um 18:30 Uhr ist. Wir sollten uns eine Geschichte überlegen, wo Isabel steckt. In fünf Minuten werden sicher einige fragen, wenn sie dann in der Schlange vor dem Hotelrestaurant fehlt."

Herr Bagutzki: „Guter Punkt. Wir sollten Unruhe und Panik tunlichst vermeiden."

Frau Hotsch: „Was haltet ihr davon? Sie hatte einen Sonnenstich und musste im Krankenhaus behandelt werden, wo sie eine Nacht zur Beobachtung bleiben muss. Dann haben wir auch nachher einen Vorwand, wenn einige von uns später noch das Hotel verlassen werden."

Alle nickten zustimmend. Die Geschichte klang plausibel, nicht zu dramatisch und somit glaubwürdig. Kaum waren sie bei der Schlange zum Essensraum angelangt, kamen schon die ersten Nachfragen zu Isabels Abwesenheit. Wie einstudiert, gaben alle die vorher abgesprochene Geschichte wieder. Zu ihrem Glück stellte keiner weitere Fragen oder zeigte sich irritiert. Das Essen verlief ruhig. Aber Isabels Freunde hatten nicht wirklich Appetit. Als ihre Mitschülerinnen und Mitschüler sich nach dem Dessert endlich wieder auf ihre Zimmer zurückzogen oder sich anderen Dingen widmeten, sammelte sich die Gruppe zur Rettung Isabels wieder in der Loungeecke des Hotels.

Ngoc Anh ergriff als erste das Wort: „Ich habe keinen Bissen herunterbekommen. Ich musste die ganze Zeit an Isabel denken und an das noch fehlende Puzzleteil."

Alle nickten zustimmend. Ihnen war es genauso ergangen.

David: „Ich habe während des Essens weiter recherchiert, weil mir die Aussage in einer Linie nicht aus dem Kopf ging. Es existiert eine *axe historiqueII,* die vom Louvre bis zum *Grande Arche* im Banken- und Büroviertel führt."

Linus: „Na, den Grande Arche kann man ja auch falsch interpretieren, wenn man das so hört. Was ist das denn?"

David: „Übersetzt heißt das schlicht großer Bogen. Das habe ich auch erst einmal gegoogelt. Ein gläsernes Gebäude in Form des Triumphbogens. Sehr schlicht gehalten und er scheint komplett aus Fenstern zu bestehen." Er zeigte ein Foto auf seinem iPad.

Inga: „Oha, die möchte ich nicht alle putzen müssen."

David: „Im Internet stand, dass das mittlerweile Roboter übernehmen."

Neele: „Ok, aber wie hilft uns das jetzt weiter? Ich glaube nicht, dass der Grande Arche der Ort ist, wo wir Isabel finden. Dafür ist das zu modern und überhaupt: der hat ja nun gar nichts mit dem alten Ägypten zu tun."

David: „ Nein, da hast du recht. Ich habe aber ein Foto der Axe historique. Vielleicht finden wir ja gemeinsam den Ort. Ich airdroppe euch mal den Link."

Das typische Piepsen ertönte. Alle nahmen den Link an und vertieften sich in das Studieren der historischen Achse von Paris. Sie verläuft, wie bereits von David erwähnt, vom Louvre bis in das Viertel La Défense und passiert historisch wichtige Punkte der Stadt.

Herr Bagutzki: „Hm, an ihrem Verlauf liegt auch der Palais de l'Élysée, der Sitz der französischen Präsidenten. Man sagt Macron ja streckenweise nach, er führe sich auf wie der Sonnenkönig. Vielleicht ist das ja eine Spur?"

Frau Hotsch: „Wird der nicht streng bewacht? Ich glaube kaum, dass man da so einfach hineinkommt."

Herr Bagutzki: „Auch wieder wahr."

Linus: „Leute, wir waren so blind. Genau auf der Achse, direkt vor unserer Nase."

Neele: „Was meinst du?" Dann realisierte sie es und schlug sich mit der Hand vor die Stirn. „Oh mein Gott, wir waren wirklich blind."

Inga: „Häh, ich bin es immer noch."

Ngoc Anh zeigte es ihr.

Ihr Finger war auf dem Obelisken auf der Place de la Concorde.

Inga: „Oh ja, aber natürlich."

David: „Es passt: Aus dem alten Ägypten."

Neele: „Dann lasst uns jetzt zum Obelisken noch recherchieren, ob er Ramses huldigt. Es bleibt aber immer noch offen, inwiefern Ra diesen vom Himmel senden soll."

Der Obelisk von Luxor hat ein Pendant, was sich immer noch am Durchgang des Tempels von Karnak befindet. Er huldigt dem Pharao Ramses II. Der Vizekönig von Ägypten hatte ihn dem französischen König Louis Philippe geschenkt und wurde innerhalb von drei Jahren durch den Ägyptologen Jean-François Champollion nach Paris gebracht. Seit 1836 steht er auf der Place de la Concorde und erhielt im April 1998 seine goldene Spitze. Die alten Ägypter glaubten, dass Obelisken die steingewordenen Strahlen der Sonne darstellten, womit auch das letzte Rätsel gelöst war. Für einen kurzen Moment lehnten sie sich zufrieden zurück. Ingas Handy vibrierte.

Inga: „Leute, ich habe eine neue Nachricht: Tick tack, noch 1,5 Stunden bis Mitternacht. Schon verzweifelt? Eure Freundin ist es."

Kapitel 11 - Der Sturm beginnt

Um 23 Uhr brachen sie auf. Frau Hotsch blieb im Hotel, was ihr äußerst schwer fiel, aber auch die anderen Schüler brauchten eine Aufsichtsperson. Ohne Aufsehen zu erregen, schlichen sie sich aus dem Hotel. Sie waren sehr angespannt. Dies äußerte sich vor allem darin, dass niemand ein Wort sagte. In der Métro platzte es dann aus Neele heraus.

Neele: „Ich halte diese Stille nicht mehr aus! Wie gehen wir gleich vor? Bleiben wir alle sichtbar und zeigen uns dem Entführer oder halten sich einige versteckt, um gegebenenfalls überraschend einzugreifen und den Täter zu überwältigen?"

Herr Bagutzki: „Ich finde das eine gute Idee. Ich schlage vor, dass David, Neele und ich im Hintergrund bleiben. Uns kennt der Vermummte mit der Maske ja noch nicht und Linus, Inga sowie Ngoc Anh gehen auf ihn zu."

Ngoc Anh: „Ich bin ehrlich, ich habe Angst, aber für Isabel mache ich es!"

Inga pflichtete ihr bei.

Linus vergewisserte sich mehrmals, dass er die beiden Skarabäen im Rucksack hatte. Für einen

Moment dachte er, dass beide zu leuchten begannen, da es aber nur kurz und nicht erneut passierte, schob er es auf seine Aufregung.

Die automatische Stimme der Métro meldet „Concorde", um gleich danach darauf hinzuweisen, dass man ja auch nichts vergessen sollte. Sie stiegen aus. Als sie die Stufen der Métro hinaufgingen, fiel ihnen sofort ein Löwe auf, der majestätisch über der Métrostation zu thronen schien. Hinter ihm war der Mond zu sehen. Er leuchtete heller und klarer als sonst. Der gesamte Platz war in ein mystisches Licht getaucht. Es war 23:30 Uhr. Noch eine halbe Stunde. Sie blickten auf den Obelisken. Die Place de la Concorde war bis auf eine Gruppe Jugendlicher, die sich vor einem der Brunnen aufhielt, menschenleer. Sie hatten die Musik ihrer Bluetoothbox voll aufgedreht und schienen dabei zu sein, ein TikTok-Video aufzunehmen. Sie starteten das Lied immer wieder neu und bewegten sich nach einer selbsterdachten Choreografie. Sie hatten sich wahrlich eine tolle Kulisse ausgesucht: Hinter dem Brunnen war die Madeleine, eine Kirche, die an die Akropolis in Athen erinnerte, zu sehen. Um 23:47 Uhr packten sie zufrieden ihre Sachen zusammen und verschwanden in Richtung der Seine.

Inga, Ngoc Anh und Linus gingen auf den Obelisken zu und warteten. Die Skarabäen in Linus Rucksack begannen wieder zu leuchten. Inga war die erste, der dies auffiel. Sie ging hinter Linus und das Leuchten war so stark, dass es durch den Stoff hindurchschien.

Inga: „Wow, irgendwie spooky. Wie im Louvre."

Linus: „Dann habe ich mir das vorhin in der Métro auch nicht eingebildet. Da war das auch kurz der Fall."

Ngoc Anh: „Wenn das wie im Louvre ist, bedeutet das, dass gleich wieder irgendein Mechanismus in Gang gesetzt wird. Schaut mal, der Obelisk. Da leuchten zwei Felder auf!"

„Her mit den Skarabäen, dann passiert euch und auch eurer Freundin nichts." Sie hatten ihn nicht kommen sehen, zuckten zusammen und drehten sich in Richtung seiner Stimme. Wie aus dem Nichts war der Maskenmann aufgetaucht. Er streckte seine linke Hand aus. In der rechten hielt er eine Waffe, die er auf sie richtete. Abwechselnd fokussierte er sie.

Inga nahm allen Mut zusammen: „Erst wollen wir wissen, wo Isabel steckt!"

Der Maskenmann ließ sein teuflisches Lachen über den Platz hallen.

„Mutig seid ihr, das muss man euch lassen, aber auch schlau? Wann kapiert ihr endlich, dass ich den Ton angebe und nun her mit den Skarabäen."

Plötzlich bildeten sich dunkle Wolken rund um die Spitze des Obelisken. Rosafarbene Blitze schossen vom Himmel, kurz darauf war ein Donner zu hören. Starker Wind kam auf.

„Wird's bald! Los!"

Linus nahm seinen Rucksack ab und wollte ihn öffnen.

„Stop! Für wie blöd hältst du mich? Wirf den Rucksack zu mir. Nein! Schieb ihn mit dem Fuß zu mir. Den Skarabäen darf nichts passieren. Und ihr anderen: bewegt euch keinen Millimeter weiter, sonst schieße ich, und das gilt auch für die Nachhut dahinter", seine Stimme wurde lauter, „ihr bleibt, wo ihr seid!" Als er sich vergewissert hatte, dass alle seinem Befehl Folge leisteten, fuhr er fort:

„Es wird jetzt so ablaufen." Er schaute Linus an. „Du bleibst bei mir. Der Rest entfernt sich. Eure Freundin habe ich an einem geheimen Ort abgelegt. Ich habe sie vergiftet. Aber das Gift wirkt langsam. Ihr bekommt das Gegengift, wenn hier alles glatt geht und Linus genau das tut, was ich ihm sage. Der Rest von euch kann sich schon einmal an einem weiteren Rätsel versuchen. Die Schnitzeljagd geht also für euch weiter. Was guckt ihr denn so grimmig. Ihr mögt doch Rätsel. Ach so, ich sollte noch erwähnen, dass es ein Zeitlimit gibt. Ihr habt nur 45 Minuten. Sind wir uns einig?"

„Sie widerliches Schwein!" Inga wollte auf ihn losgehen, aber der Maskierte feuerte einen Warnschuss in den Himmel ab.

„Aber, aber, wir bleiben doch zivilisiert, nicht wahr? Nun macht, dass ihr abhaut. Ich schicke euren Freund hier mit dem Gegengift in einer Spritze hinterher. Es liegt in eurer Hand. Ihr könnt Isabel retten oder sterben lassen!"

Ngoc Anh hielt Inga zurück. Auch sie war außer sich vor Zorn. Neele, David und Herr Bagutzki kamen zu ihnen. Auch sie hätten am liebsten auf den

Maskierten eingeschlagen, aber sie mussten erkennen, dass er alle Trümpfe in der Hand hielt.

„Herzallerliebst, die Kavallerie ist auch anwesend. Und nun los! Dank eurer Freundin hier habt ihr jetzt nur noch 30 Minuten. Lauft, lauft, lauft, um das Leben Isabels, lauft!" Er warf ihnen einen Briefumschlag zu, in dem sich das neue Rätsel befand.

Linus bebte vor Wut. Am liebsten hätte er dem Maskierten etwas an den Kopf geworfen oder die Skarabäen vor seinen Augen zertrümmert. Dieser inspizierte gerade seinen Rucksack und holte ganz langsam sowohl Linus' Kette als auch den in Leinen gewickelten Skarabäus heraus. Geradezu ehrfürchtig hielt er einen Moment inne. Das Donnern über dem Obelisken wurde immer lauter. Die Wolken drehten sich immer schneller um seine goldene Spitze und dieses Mal schoss ein sehr großer rosafarbener Blitz herab und schlug in den Obelisken ein. Die Place de la Concorde bebte. Linus und der Maskierte taumelten, konnten sich  aber gerade noch so auf den Beinen halten. Die schon von Ngoc Anh bemerkten Felder leuchteten ebenfalls auf.

„Das, was wir beide heute erleben dürfen, passiert nur alle 2000 Jahre. Schade, dass nur einem von uns das ewige Leben zuteil werden wird." Linus war fassungslos.

„Dafür tun Sie diesen ganzen Scheiß?" brach es aus ihm heraus. „Dafür bedrohen, entführen und wer weiß, vielleicht töten Sie oder haben bereits getötet?"

„Du unwissender Narr! Kapierst du nicht, welche Möglichkeiten dir dann offen stehen?"

Fast belustigt lachte Linus auf. „Sie haben einen Dachschaden!"

„Du hast einen, wenn du es nicht begreifst. Ewiges Leben bedeutet, unsterblich zu sein. Niemand kann dich aufhalten. Du erlangst unendliche Macht. Du wirst über die Welt herrschen, zu einem Gott aufsteigen. Alle werden dir huldigen."

„Bei der derzeitigen Weltlage habe ich dafür keinen Bedarf."

„Warum umgebe ich mich nur mit Idioten?! Wie konnte einer wie du auch nur in die Nähe solch mächtiger Amulette gelangen? Aber nun Schluss damit. Die Zeit drängt. Siehst du die zwei Felder, die auf dem Obelisken aufleuchten?"

„Klar und deutlich!"

„Wir müssen zeitgleich die Skarabäen dort einsetzen und folgenden Reim aufsagen: Wir, die auserwählt worden sind, setzen die uns gegebenen Skarabäen ein, um dann auf ewig unsterblich zu sein. Einem von uns wird das Glück zuteil. Der andere bleibt nur als einfacher Mensch heil. Alles verstanden?"

Linus nickte.

„Gut, dann hilf mir hoch und ich ziehe dich dann hinterher und lass ja nicht die Skarabäen fallen!"

Gesagt, getan. Linus formte eine Räuberleiter und der Maskierte kletterte hoch zu den leuchtenden Flächen. Dort angekommen, zog er Linus ebenfalls hinauf. Er zählte bis drei und sie setzten die Skarabäen, die, wie schon im Louvre, pulsierten und leuchteten, auf die entsprechenden Felder. Dabei murmelten sie die vorher genannte Zauberformel. Wieder schlug ein Blitz in das Monument ein und sowohl der Maskierte als auch Linus wurden im ganzen Körper von einer Energie durchströmt.

„Nicht loslassen," keuchte der Maskierte, „gleich haben wird es geschafft!"

Selbst wenn Linus gewollt hätte, konnte er den Skarabäus nicht loslassen. Es schien so, als seien sie alle miteinander verschmolzen. Ihm wurde schwarz vor Augen. Plötzlich verschwand die Place de la Concorde, um gleich darauf wieder zu erscheinen. Jedoch hatte sie sich verändert: Statt Steinen sah er nun Sand, der Obelisk war zu einer riesigen Waage und die beiden Brunnen zu Waagschalen geworden. Am Rand des Platzes war ein Monster erschienen. Es hatte den Körper eines Löwen, den Kopf eines Krokodils und das Hinterteil eines Nilpferdes. Ein kleiner Gnom kam auf sie zugehüpft. Er stellte sich als Bes vor und erklärte ihnen, dass sie, um unsterblich zu werden, zunächst eine

Prüfung bestehen müssten. Sollte ihr Herz nicht rein sein, würde sich das Monster über ein Appetithäppchen freuen. Aus den Wolken meldeten sich zwei Stimmen. Kurz darauf sanken zwei Götter auf den Sand hinab: Zum einen Thot, der Gott der Weisheit sowie des Mondes und zum anderen Anubis, der Hüter der Unterwelt.

„Ihr wurdet von uns auserwählt, um den Rang der Unsterblichkeit zu erlangen. Doch ob ihr dieser Ehre würdig seid, wird sich noch herausstellen. Seid ihr bereit, euch den Prüfungen zu stellen?"

Der Maskierte nickte und als er merkte, dass Linus kurz zögerte, erinnerte er ihn mit einem Anstupsen mit seiner Waffe an seine verzwickte Lage, woraufhin dieser auch mit dem Kopf nickte.

„Gut, so sei es. Dann möge die erste Prüfung beginnen. Entscheidet, wer von euch am Leben bleiben soll und wer von euch bereit ist, zu sterben. Nur einer kann in den Rang eines Gottes erhoben werden."

Linus: „Ähm, Moment! Ich habe nur dieses eine Amulett gehabt und dann im Louvre zufällig das Pendant gefunden. Ich bin, ehrlich gesagt, nicht bereit, jetzt schon abzutreten."

Maskierter: „Das entscheidest du aber nicht! Bedenke, dass ich die Waffe habe."

„Schweigt! Bes, übernehme!"

Das kleine Männchen hüpfte wieder auf sie zu und murmelte eine Zauberformel. Linus spürte einen kurzen Stich und der Gnom nahm etwas, das aussah wie sein Herz, und legte es auf die linke

Waagschale. Auf der rechten erschien eine weiße Feder.

„Nur wer reinen Herzens ist, besteht diese Prüfung." Das Monster fletschte die Zähne und leckte sich über die Lefzen. Auch dem Maskierten wurde das Herz entnommen. Mehr bekam Linus dann aber nicht mehr mit. Ihm wurde schwarz vor Augen.

Kapitel 12 - Die Wächterin des Grabes

„Isabel, Isabel, wo bist du? Antworte!" Es kam keine Antwort. Neele wurde unruhig. Sie musste sie finden. Tränen des Zorns kullerten über ihr Gesicht, sie war verzweifelt. Die Zeit raste und sie kamen keinen Schritt voran. Dieses blöde Rätsel war zum verrückt werden. Sie las den Brief erneut:

Im fernen Land, wo der Nil einst floss,
wurde ich als Wächterin eines Grabes errichtet.
Mein Gesicht blickt stumm in die Nacht.
In der Stadt der Lichter findest du mich.
Zu Ehren von E. L. wurde ich errichtet.
Auf den ehemaligen Sitz der Könige
und mich selbst blicke ich.

Entnervt warf sie den Brief zu Boden. David hob ihn auf und tätschelte Neeles Schulter. Er versuchte sie zu beruhigen.

David: „Rekapitulieren wir noch einmal. Es muss sich definitiv um eine Statue mit einem Gesicht handeln, da sie ja auf etwas blickt."

Inga: „Und der Sitz der Könige kann doch nur ein Schloss sein."

Ngoc Anh: „Wir sind doch im Jardin des Tuileries. War nicht bei der Métrostation ein Löwe auf dem Dach? Vielleicht war der ja gemeint?"

Sie rannten so schnell sie konnten. Hinter ihnen war der Obelisk mittlerweile komplett in eine dunkle Wolke gehüllt. Blitze und Donner wechselten sich ab. Aber was wirklich merkwürdig war: Das Unwetter tobte nur direkt um den Obelisken herum. Der restliche Nachthimmel war sternenklar. Aber für die Schönheit der Sterne blieb keine Zeit.

Als sie beim Eingang der Métrostation angekommen waren, schaute der Löwe weiterhin majestätisch auf sie herab. Das Mondlicht, was auf ihn fiel, verlieh der Szene noch mehr Mystik. Von Isabel fehlte aber jede Spur.

Neele: „Verdammt. Wieder kein Treffer. Wo ist sie nur? Nur noch wenige Minuten!"

Alle guckten betreten zu Boden. Die Enttäuschung war ihnen ins Gesicht geschrieben. Sie waren ratlos. Es blieben ihnen noch 20 Minuten.

Kapitel 13 - Eine für alle und alle für eine

Plötzlich hörten sie Stimmen aus dem Métroschacht. Die gesamte 10b kam nach und nach die Treppe hinauf. Das Ende bildete Frau Hotsch.

Frau Hotsch: „Es tut mir leid, aber ich habe es nicht mehr ausgehalten und dann hat sich Valerie erkundigt, wo ihr alle seid. Zunächst habe ich alles abgewimmelt und bin bei unserer Geschichte mit dem Sonnenstich geblieben, aber sie hat immer weiter nachgebohrt und dann brach alles aus mir heraus. Dann machte alles ganz schnell die Runde und alle wollten helfen."

Neele und die übrigen waren gerührt. Für einen Moment sagte niemand ein Wort. Valerie fand als erste ihre Sprache wieder: „Heißt es nicht bei den drei Musketieren: Einer für alle und alle für einen? Ich würde das etwas umdichten. Dumas würde in unserem Fall sagen: Eine für alle und alle für eine. Also, wie können wir helfen. Nutzen wir die Schwarmintelligenz!"

Herr Bagutzki: „Wir suchen einen Ort mit einem Wächter, der auf ein Haus der Könige blickt. Dort hat der Entführer Isabel abgelegt. Sie hat nur noch wenige Minuten, dann stirbt sie, denn er hat sie vergiftet."

Laura: „Dieses Scheusal!"

Malin: „Die Sphinx wurde im alten Ägypten als Wächter verehrt oder Anubis als Wächter der Toten."

Max: „Also, wenn man den Begriff Sphinx bei Google Maps eingibt, wird auf verschiedene Standorte, auch auf den Parc Monceau, verwiesen. Der erscheint mir aber zu weit weg. Wie heißt denn dieser Park hier?"

Mika: „Also laut Apple Karten sind wir beim Jardin des Tuleries, ähm, Tuileries, meine ich."

Max: „Wie schreibt man das denn?"

Alina: „T-U-I-L-E-R-I-E-S."

Alle warteten gespannt. Max tippte alles ein, zog dann die Augenbrauen hoch und fluchte. Die Autokorrektur hatte seine Eingabe in den Begriff Tollhaus umgewandelt. Alina buchstabierte ihm den Begriff noch einmal. Dieses Mal klappte es. Max' Gesicht formte ein Lächeln.

„Ich glaube, ich habe sie, keinen Kilometer zu Fuß entfernt von uns. Hier entlang!"

Sie liefen los. Neele rannte an erster Stelle, dicht gefolgt vom Rest der Klasse. Für einen Außenstehenden muss es ein interessantes Bild abgegeben haben. Sie rannten auf dem Bürgersteig der Rue de Rivoli auf das Musée du Louvre zu. Kurz vor dem Museum bogen sie rechts ab, ihre Schritte ließen den Sand aufwirbeln und unter ihren Schuhen knirschen. Als sie in Höhe eines der Eisentore des

Jardin des Tuileries waren, sahen sie den Eiffelturm, der seinen Lichtstrahl in die Nacht schickte und sie sahen noch etwas anderes. Konnte es endlich wahr sein? Neele erhöhte erneut das Tempo. Je näher sie der Ecke zur Seine kamen, desto klarer wurde das Bild: da lag Isabel! Sie hatten sie gefunden!

Kapitel 14 - Fast alle wieder vereint

Neele: „Isabel, oh mein Gott, wir haben dich gefunden. Wir sind da. Isabel? Isabel? Isabel?"

Sie kniete sich hin. Isabels Körper lag reglos, auf die Seite gedreht, am Boden. Neele drehte sie vorsichtig auf den Rücken, prüfte ihre Atmung und danach ihren Puls.

„Sie atmet, aber schwach. Dasselbe gilt für ihren Puls."

Herr Bagutzki entfernte sich ein bisschen und verständigte die SAMU. Die 10b bildete einen Kreis um Isabel und Neele. Frau Hotsch kniete sich neben Neele und legte ihre Hand auf ihren Rücken. Isabel öffnete ganz langsam ihre Augen. Sie waren glasig. Sie bewegte sich sehr langsam. Neele richtete sie etwas auf und stützte sie. Isabel öffnete den Mund, bekam aber zunächst keinen Ton heraus. Sie versuchte es erneut und man konnte ihr anmerken, welche Kraft sie dafür aufwenden musste. Die 10b hielt den Atem an. Isabel flüsterte:

„Ich habe, ich habe mich so.. so.. so gut es ging gewehrt. Ich, ich habe ihn gebissen!"

Frau Hotsch: „Du bist so tapfer, Isabel, aber nun versuche, wach zu bleiben. Wir sind alle da. Alles wird gut!"

Isabel zeigte den Versuch eines Lächelns, aber auch das wirkte wegen ihrer Kraftlosigkeit eher gequält. Sie setzte erneut an: „Wo,... wo ist Linus?"

Neele: „Linus geht es gut. Er kommt gleich mit dem Gegengift. Halte durch!"

Isabel: „Ich bin so... so... müde."

Herr Bagutzki kam wieder zu ihnen.

„Isabel, die SAMU sind unterwegs. Bleib bitte wach, hörst du?!"

Isabel: „Gut... gut.. Ich werde nur kurz die Augen... die Augen zumachen. Ich... ich.. möchte schlafen. Einfach nur schlafen."

Ihr fielen erst die Augenlider zu und dann sackte ihr Kopf nach vorne. Neele, die sie immer noch an den Schultern festhielt, schüttelte sie sanft.

Neele: „Isabel, bleib bei uns. Isabel? Isabel!" Sie prüfte ihre Atmung. „Sie atmet nicht mehr. Warum atmet sie nicht?"

Frau Hotsch hob Isabels rechten Arm an. Dann sagte sie: „Kein Puls."

Ein Raunen ging durch die Klasse. David, Clemens und Hark zogen ihre Jacken aus und breiteten diese nebeneinander auf dem Boden aus. Danach hoben sie Isabels reglosen Körper hoch und legten ihn darauf. Neele begann mit der Herzdruckmassage. Dann kam die Mund-zu-Mund-Beatmung und es ging wieder von vorne los. „Verlass uns nicht!", flüsterte sie.

Kapitel 15 - Das Urteil der Götter

Die Place de la Concorde war plötzlich taghell. Ein greller Lichtstrahl schoss auf den Obelisken hinab. Ihm folgten zwei weitere, dicht hintereinander. Aus dem ersten tauchte Linus wieder auf, aus dem anderen erschien Bes. Mit dem letzten war der Maskenmann zurückgekehrt. Sowohl er als auch Linus wirkten noch etwas benommen. Bes ergriff das Wort:

„Na, wollt ihr wissen, wer gewonnen hat? Ihr wisst ja, nur einer wird überleben und das ist derjenige, der sich den Göttern als würdig erwiesen hat und das bist du, Linus. Du bist hier, um deine Freundin zu retten und du", sein Blick richtete sich auf den Maskenmann, „du hast nur dein eigenes Wohlergehen im Sinn. Du hast in deiner Ruhmsucht sogar einen Menschen entführt und vergiftet. Dein Schicksal ist besiegelt. Die Götter verdammen dich zum Tode. Linus, deine Selbstlosigkeit honorieren die Götter, indem sie dir das Gegengift durch mich überreichen und als zweites..." Weiter kam Bes nicht. Ein Schuss löste sich und traf Linus durch den Rücken direkt in sein Herz.

„Wenn ich es nicht bin, wird es keiner!" zischte der Maskierte. Linus sank zu Boden und kippte nach vorne. Bes drehte sich wieder zum Maskierten. Er schüttelte langsam mit dem Kopf.

„Du Narr, niemand stellt sich über das Urteil der Götter! Ihre Strafe wird fürchterlich sein. Du hast dein Schicksal nun endgültig besiegelt."

„Nur, dass ich nicht alleine in der Dunkelheit verschwinden werde", zischte der Maskierte.

Bes schaute ihn fast mitleidig an.

„Oh, wenn es nur die Dunkelheit wäre. Ammit, du bist dran."

Ein ohrenbetäubender Schrei hallte durch die Nacht. Das Monster mit dem Krokodilkopf erschien auf dem Dach der Métrostation neben dem Löwen. Es sprang auf den Platz und rannte auf den Maskierten zu. Dabei öffnete es sein Maul und stieß einen weiteren Schrei aus. Der Maskierte schoss alle Kugeln ab, die er noch in seinem Magazin hatte. Aber dadurch ließ sich das Monster nicht aufhalten. Sie prallten einfach an ihm ab. Als es ihn erreicht hatte, biss es zu. Es biss direkt in sein Herz. Nun hallte ein erbärmlicher Schrei durch die Nacht. Grelles Licht flammte auf. Der Platz war wieder menschenleer. Alle waren verschwunden.

Kapitel 16 - Alle wieder vereint, wirklich alle?

Die Schreie ließen auch die 10b und die mittlerweile vor Ort eingetroffenen SAMU zusammenzucken. Sie übernahmen dort, wo alle Mitschülerinnen und Mitschüler angefangen hatten. Bis zur Erschöpfung hatten sich alle bei den lebenserhaltenden Maßnahmen nacheinander abgewechselt und um das Leben von Isabel gekämpft.

Frau Hotsch: „Was war denn das?"

Clemens: „Das klang wie der Maskierte, also jedenfalls der letzte Schrei. Der hörte sich so an wie der Typ, der uns im Hotelzimmer bedroht hat."

Hark und David nickten zustimmend.

Felicia: „Die animalischen Schreie klangen wie die eines Krokodils."

Florian: „Und habt ihr auch die Schüsse gehört? Was ist da bloß passiert?"

Die SAMU winkten Herrn Bagutzki zu sich. Nach einer kurzen Unterredung kam er mit ernster Miene zurück. Alle blickten ihn erwartungsvoll an.

Herr Bagutzki: „Es sieht nicht gut aus. Die SAMU konnten sie zwar soweit stabilisieren, aber das Gift breitet sich immer weiter in ihrem Körper aus. Wir werden uns von Isabel verabschieden müssen."

Neele: „Nein! Nein! Nein! Können die nicht testen, welches Gift das ist und dann das Gegengift verabreichen?"

Herr Bagutzki: „Das würde mindestens 12 Stunden dauern und so viel Zeit hat Isabel nicht mehr."

Neele: „Nein! Das geht doch nicht! Das darf nicht sein! Nein!"

Frau Hotsch: „Neele, die SAMU haben ihr Möglichstes getan!"

Neele: „Dann sollen die sich gefälligst noch mehr bemühen! Verdammt! Nein!"

Tränen liefen über ihre Wangen und auch alle anderen Augen wurden feucht. Sie rückten näher an die SAMU und Isabel heran. Sie fassten sich alle an der Hand und schlossen die Augen.

„Gegengift gefällig?" Alle drehten sich ruckartig um und blickten in Linus' Gesicht. Er grinste bis über beide Ohren und hielt triumphierend eine Spritze mit einer pinkfarbenen Flüssigkeit in die Höhe. Die 10b ließ ihm eine Lücke und er trat hindurch. Zusammen mit Herrn Bagutzki ging er zu den SAMU. Während Herr Bagutzki den verdutzen Sanitätern die Situation erklärte, handelten sie blitzschnell. Sie injizierten Isabel das Gegengift und trugen sie in den Rettungswagen. Frau Hotsch und Neele fuhren mit ins Krankenhaus. Die übrigen Schüler blickten dem Rettungswagen still hinterher. Erst als dieser in der Dunkelheit der Nacht verschwunden war, fragte Herr Bagutzki: „Um Himmels Willen, Linus! Wie, was, wo? Wo bist du denn hergekommen?"

Linus: „Sagen wir es mal so. Die Götter waren auf meiner Seite. Ich bin jetzt unsterblich, aber was das genau bedeutet, verstehe ich nicht wirklich."

Klaas: „Ok, ich verstehe nur Bahnhof!"

Herr Bagutzki: „Bahnhof ist ein gutes Stichwort. Es ist nun 00:40 Uhr. Die Métro fährt bis 1:15 Uhr. Wir sollten zurück zum Hotel und versuchen, ein wenig zu schlafen. Aber eins ist klar: zunächst einmal ist Gruppenkuscheln angesagt."

Alle Schülerinnen und Schüler stürmten auf Linus ein. Herr Bagutzki hielt sich etwas abseits und war sichtlich gerührt.

Inga: „Na, Sie müssen aber nun auch mit dazu. Na, kommen Sie schon!"

Letztlich lagen sich alle in den Armen und das fröhliche Lachen, was die Klasse auszeichnete, war zurück. Alle redeten wild durcheinander.

Herr Bagutzki: „So, meine Damen und Herren, noch ein Nachtrag: Linus ist uns noch eine Erklärung schuldig, aber nicht heute! Wir alle brauchen wenigstens ein bisschen Schlaf. Fassen wir die Geschehnisse knapp zusammen: Isabel ist, Stand jetzt, gerettet. Linus ist wieder da und nun ist es wirklich Zeit, zur Métro zu gehen. Alle mir nach."

Sie gingen an der Seine entlang des Tuileriengartens und bogen am Ende auf die Place de la Concorde ein. Der Vollmond schien den Obelisken vollends zu beleuchten.

Linus: „Herr Bagutzki, ist noch Zeit für ein Selfie?"

Herr Bagutzki: „Dafür ist immer Zeit!"

Sie positionierten sich vor dem Obelisken und lächelten. Herr Bagutzki nutzte seinen langen Arm und lächelte ebenfalls. Zwei Selfies später ging es weiter. Clemens guckte am Obelisken hoch und stockte: „Linus, Digga, schau mal!"

Linus schaute sich denselben Bereich des Obelisken an und sagte: „Ah, nun weiß ich, was Bes mit der Unsterblichkeit meinte." Er grinste und machte ein Selfie. Alle anderen taten es ihm gleich.

ENDE

Epilog

Beginnen wir mit der wichtigsten Information:
Am nächsten Morgen erhielten alle die beruhigende
Nachricht, dass Isabel über den Berg war. Zwei
Tage später wurde sie aus dem Krankenhaus ent-
lassen und als sie im Hotel ankam, wurde sie mit
einer kleinen Party empfangen. Schnell erklang
wieder ihr unverwechselbares Lachen, was alle anderen ansteckte und zum Mitlachen animierte. Und
was auf dem Obelisken zu sehen war, fragt ihr
euch? Am nächsten Morgen titelten alle namhaften
Zeitungen und Influencer die große Neuigkeit: Auf
dem zweitausend Jahre alten Monument war eine
neue Lobeshymne zu sehen. Neben Ramses II
wurde der selbstlose Linus gepriesen, der sich
durch seinen Einsatz für das Leben seiner Freundin den Göttern als würdig erwiesen hatte. Als
Dank verliehen sie ihm die Unsterblichkeit. Diese
bestand darin, dass sein Name und seine Taten in
Stein gemeißelt, also für die Ewigkeit festgehalten
waren. Neben den Hieroglyphen war auch eindeutig
ein Junge abgebildet, der an seinen Füßen rosa
Sneaker und um seinen Hals ein rosafarbenes
Amulett trug. Die Nachricht war so brisant, dass

auch der Staatspräsident Emmanuel Macron auf die Geschichte aufmerksam wurde. Die 10b wurde zusammen mit ihren Lehrern zu einem Imbiss in den Élysée-Palast eingeladen und damit erfüllte sich auch ein großer Wunsch von Herrn Bagutzki, nämlich persönlich mit dem Präsidenten und seiner Frau zu sprechen. Linus erhielt als besondere Geste lebenslang freien Eintritt in den Louvre.

Und Clemens? Der war weiterhin Feuer und Flamme für Lene. Der Kontakt hält bis heute.

Danksagungen

In erster Linie möchte ich den ehemaligen Schülerinnen und Schülern der 10b aus dem Schuljahr 2023/24 danken. Insbesondere danke ich euch für die stets lustigen Momente und dass ich euch so lange im Unterricht und auf Klassenfahrt begleiten durfte und einige bis heute im Französischunterricht begleiten darf. Darüberhinaus danke ich den Schülerinnen und Schülern, die am Austausch in die Normandie teilgenommen haben. Einige Szenen im Buch sollten euch bekannt vorkommen und euch ja vielleicht zum Schmunzeln bringen.

Zu guter Letzt geht mein Dank an all diejenigen, die mich auf dem Weg bis zum fertigen Buch begleitet haben und die Vorabversionen korrigiert und mit Anmerkungen versehen haben.

Hinweise

Alle in dieser Geschichte vorkommenden Figuren sind frei erfunden. Jegliche Ähnlichkeit mit tatsächlichen Personen, lebendig oder verstorben, ist rein zufällig und nicht beabsichtigt.